erzählt von Marjana Poppinga

Tibbi

und der Feuerteufel

Manuela Kinzel Verlag

Impressum:

Manuela Kinzel Verlag
73037 Göppingen

Tel. 07165 / 929 399

info@manuela-kinzel-verlag.de
www.manuela-kinzel-verlag.de

Bildnachweis: Marjana Poppinga

1. Auflage 2016

ISBN 978-3-95544-056-5

Zum Geleit:

Das, was eine Katze
von anderen Haustieren unterscheidet,
ist ihr wilder Freiheitsdrang

Erich Kästner

Inhaltsverzeichnis

Winter ade – scheiden tut weh!	5
Ein guter Rat	13
Das Vermächtnis	16
Meine Probleme	21
Die Versammlung * „Einigkeit macht stark“	25
Erster Ausflug in die große Welt	32
Die Nachbarn	35
Auf der Pappel	39
Ein bunter Vogel	45
Am Fröscheteich	50
Eine schwüle Nacht	57
Eine schaurige Nacht	60
Der Heustapel	66
Das Gartenhäuschen	70
Der Fang	75
Schluss	79

Winter ade - scheiden tut weh!

Hallo Freunde!
Ja, der Winter war lang und kalt und wenn man nicht mehr der Allerjüngste ist, bleibt man in der warmen Stube in der Nähe des Ofens und der Futterstelle und macht, unterbrochen von seligen Träumen, ausgiebige Katzenwäsche. Wenn aber die Tage wieder heller und länger werden, wenn die Erde unter dem tauenden Schnee gierig schmatzt und die ersten Sonnenstrahlen einatmet, wenn die frühen Eintagsmücken über den Heuballen tanzen, wenn die ersten Jungmäuse im Stroh rascheln und die alten Spatzen, die gerade so den Winter überlebt haben, kraftlos aus der Efeuwand fallen, dann beginnt für uns Katzen das neue Jahr.
Seit gestern raunzen zwei dicke Kater in unserer kleinen Straße herauf und herunter und bieten unserer Dame des Hauses, „Mauli", ihre Dienste an, kostenlos und mit Erfolgsgarantie. Der eine ist pechschwarz mit grünen Augen und ruft wie ein Muezzin in melodischer Tonfolge hoch oben vom Dach des Nachbarhauses wie von einem Minarett. Der andere, ein älterer Gestromter - ich kenne ihn von einigen Kämpfen her - kreischt, quietscht in atonalen Sequenzen. Jeder will auffallen und gibt sich die größte Mühe, was nicht nur die Zweibeiner aus dem Winterschlaf erweckt, die das Fenster aufreißen und schimpfen. Auch die Kätzinnen antworten mit sehnsuchtsvollen Liedern und bereiten sich vor für das neue Leben. Nicht, dass ich einem dieser wilden, stinkenden Gesellen begegnen möchte, aber ihr Geschrei weckt auch mich aus dem Winterschlaf: Es ist der alljährliche Ruf zum Aufbruch, zu verheißungsvollen Abenteuern... zum Beginn eines neuen Katzenjahres.
Also gähne ich noch ein letztes Mal ausgiebig, strecke meinen sportlichen Körper - jetzt leider mit etwas Fettansatz vom langen Nichtstun - in alle Richtungen und verlasse mein warmes, gemütliches Heim via Katzenklappe.

Im Hof treffe ich auf unsere Katzendame Mauli, der hauptsächlich dieser Katergesang gilt. Sie sitzt wie eine Queen auf einem Heuballen und putzt ausgiebig ihren weißen Kehllatz, der aus ihrem schönen schwarzen Fell strahlend heraussticht.
„Warum bist du nicht auf der Straße bei deinen Verehrern?", frage ich über die Schulter.
Dieses Thema hätte ich lieber nicht anschneiden sollen. Mürrisch und schlecht gelaunt faucht sie von oben zurück, macht einen Buckel - wobei ich sehe, dass ihre ehemals schlanke Figur noch etwas rundlicher geworden ist wie meine - und jammert mir zum x-ten Male von ihrer großen Operation vor, die jetzt schon einige Wochen zurückliegt. Sie nörgelt mich an, dass ihr nichts mehr Spaß mache, dass sie völlig antriebslos sei, dass nicht einmal der Gesang der Kater sie aufmuntern könne, dass sie sich nur noch auf das Futter freut und daher zugenommen hätte, aber ansonsten null Bock auf nichts mehr hat.
Es stimmt, seit ihrer Operation ist sie depressiv und zänkisch, was ich am meisten zu spüren bekomme. Sie kümmert sich kaum noch um ihren heranwachsenden Nachwuchs und selbst die Kommunikation mit ihrem besten Freund „Fipsi" ist abgekühlt, bis auf ein paar gelegentliche Nasenküsschen, was diesem schwer zu schaffen macht.
Fipsi, unser ältester, erfahrenster und sozialster Mitbewohner, liebt diese exzentrische Xantippe treu und aufrichtig, während sich ihre diversen Liebhaber nach getaner Arbeit zur nächsten davonmachen. Natürlich hat er sie mit ehrlicher Anteilnahme getröstet, nachdem sie vom Tierarzt nach Hause gekommen war und mit medizinischem Sachverstand festgestellt:
„Die Wunde unter deinem Bauch heilt schnell wieder. Aber die Wunde an deiner Seele, die bleibt und wird dich verändern und dir lange zu schaffen machen. Ich spreche aus Erfahrung."
Und dabei verzieht er sein Gesicht schmerzvoll, bis seine schönen grünen Augen ganz schmal werden.

Seit einiger Zeit macht Fipsi mir Sorgen. Er frisst immer weniger, lässt öfter das Futter stehen; auch die fetten Mäuse vom Haferboden schmecken ihm nicht mehr, sodass seine stattlichen Pfunde dahinschmelzen, was seiner Zweibeinerin dank seines üppigen schwarzen Fells nicht auffällt. Und er kümmert sich über die Maßen rührend um Maulis Nachwuchs vom letzten Herbst, der neuerdings durch m e i n e Wohnung tobt und mir mächtig auf die Nerven geht.

Außerdem wundert es mich, dass dieser Stinker noch hier ist. Ihre anderen Plagen waren in diesem Alter schon längst in dem großen Korb aus Weidengeflecht auf Nimmerwiedersehen davongetragen worden. Nur dieser ist immer noch hier. Das hat nichts Gutes zu bedeuten. Fipsi in seiner grenzenlosen Gutmütigkeit hat ihn unter seine Fittiche genommen und spielt den großen Onkel, den Lehrer und Mentor. Der kleine Scheißer darf alles, nur mir nicht zu nahe kommen, sonst fängt er sich eine!
Unsere Zweibeinerin verwöhnt ihn nach Strich und Faden.
„Ach bist du süß, mein Kleiner! Wo ist denn mein kleiner Picoli?“ ... und so weiter ... und so weiter.
Sie nennt ihn „Pico“, ich nenne ihn „Nasenpopel“, weil er drei schwarze Punkte unter der Nase in seiner sonst leuchtend weißen Gesichtsmaske hat. Das darf seine Mutter nicht hören, sonst verhaut sie mich.
„Du bist doch Maulis Letzter und Bester, mein Picolein.“
Dieses süßliche Gesäusel meiner Zweibeinerin sagt mir zweierlei: Erstens, die Nervensäge bleibt, was mir furchtbar stinkt.
Zweitens: Mauli kriegt offenbar keinen Nachwuchs mehr, was mich furchtbar freut.
Also muss ich mich wohl oder übel mit dem Pinsel arrangieren, was mir schwerfallen wird.

Diese Gedanken gehen mir gerade durch den Kopf, und ich trage an ihnen so schwer, dass ich einen hohen krummen Kat-

zenbuckel machen muss. Gelangweilt schaue ich den Wassertropfen zu, die vom Vordach fallen, lausche dem Gezänk der Spatzen und benutze die ersten Sonnenstrahlen, um darin zu baden. Was mache ich heute mit diesem Tag voller Frühlingshoffnung?
Ja, ich könnte etwas für die Geselligkeit und Kommunikation tun. Ich könnte ein paar Freundschaftsbesuche machen.
Also schaue ich als erstes mal bei meiner lieben Freundin, meiner Herzensdame, bei meiner geheimnisvollen Weißen vorbei, die in der Nachbarschaft wohnt. Im letzten Frühling wurden wir miteinander bekannt, und sie erkor mich zu ihrem Beschützer, weil sie von Geburt an nichts hören kann und ihre wundervollen blauen Augen fast blind sind. Im Winter hat sich unsere Beziehung auf ein gelegentliches Zuwinken am Fenster reduziert, weil sie das Haus nur an einer langen Leine verlassen darf.
Nun freue ich mich darauf, sie wiederzusehen. Frohgemut trippele ich über die Straße, an der Hecke ihres Gartens entlang, bis zu dem Schlupfloch, wo mich der Weg zur Terrasse führt. Ich suche die Glastür, durch die ich bequem die Wohnung meiner Weißen überblicken kann.
Auf den ersten Blick sehe ich, alles sieht so anders aus, und es riecht auch anders, das signalisiert mir mein feines Näschen. Die Weiße ist nirgendwo zu sehen, auch nicht auf ihrem Lieblingsplätzchen, dem Fensterbrett. Stattdessen sitzt da ein brummiger Zweibeiner, und zu seinen Füßen liegt eine große, braune Töle mit gelben Augen. Diese entdeckt mich, springt geifernd gegen die Glastür und kläfft mich an:
„Hau ab, du rotes Mistvieh, sonst reiße ich dich in Stücke! Dies ist jetzt mein Revier! Und dich will ich hier nicht mehr sehen. Es ist aus mit euch Katzenbrut, die noch aus allen Ecken des Hauses stinkt!"
„Schon gut, schon gut. Hab's verstanden."
Ich, als der viel Klügere, gebe nach und ziehe mich zurück.

Apropos „stinkt“, ein strenger Geruch zieht mir in die Nüstern, und ich weiß, wer hinter mir in der Hecke sitzt und die ganze Szene beobachtet hat, und diesem Jemand möchte ich im Moment am wenigsten begegnen.
„Musste den Schwanz einziehen vor der Töle, wa? Die ist genauso nen Großmaul und dabei dämlich wie du!“
Diese quäkende Stimme voller Häme kenne ich nur zu gut. Sie gehört zu dem fiesen Graugestromten, einem hässlichen Miesmacher, mit dem ich schon so manches Gefecht ausgetragen habe. Zu meinem Ärger mit wechselndem Erfolg. Wenn ich den sehe, ist mir der Tag total verdorben. Aber es kommt noch schlimmer, denn er hat noch ein paar Giftpfeile im Köcher.
„Suchst deine Weiße, wa? Da kommste aber zu spät. Is ausgeflogen, die feine Dame. Futsch, weg, für immer! Ne Riesenblechbüchse hat alles mitgenommen: die Möbel, die Zweibeiner und dein schnuckeliges Girly. Hat geheult und geflennt aus ihrem Korb, deine süße Zuckerpuppe. Hat nach dir geschrien und gejammert und gezittert vor Angst. Und wo warst du, du feiner Galan, hä? Hast aufm Ohr gelegen, aufm weichen Sofa, wa? Und hast dich nen Dreck um deine Herzensdame geschert! Ihr Beschützer willste sein, dass ich nicht lache! Ein treuloses Großmaul bist du, das hab ich ihr nachgerufen. Jetzt weiß sie, was du bist und jetzt hau ab und verpiss dich!!“
Seine Worte mit dieser Nachricht schmettern mich nieder, treffen mich tief im Inneren. Ich lasse Ohren und Schwanz hängen und bin klein und kaputt, und er genießt das. Meine Seele ist getroffen. Vor Scham und Kummer fast auf dem Bauch kriechend, schleiche ich mich nach Hause. Bevor ich das Gartentürchen erreicht habe, lege ich mich erschöpft nieder, mitten auf der kleinen Straße vor unserem Haus: geschlagen, zerknirscht, zerquetscht.
Ja, komm nur, du fahrende Blechbüchse – tu ein Übriges – walze mich platt – ich habe es verdient – ich bin ein Versager –

nun komm schon - mach es schnell - dann ist es vorüber - dann muss ich nicht so viel leiden.
Die anderen werden dann schon merken, was sie an mir hatten. Meine Zweibeinerin wird mich finden und dann jammern und viel Wasser aus ihren Augen verlieren. Sie wird ein Loch in den Garten graben, hoffentlich unter den Johannisbeerbüschen, dort ist es im Sommer immer so schön kühl, mich in meine Lieblingsdecke einwickeln und mich mit Erde bedecken und mit einem Stein und einem hübschen Blumentopf...
Gerade als ich mir die Einzelheiten meiner Beerdigung so schön ausmale, stört mich ein Geräusch. Es ist nicht der tosende Lärm einer Blechbüchse, nein, es ist das leise Klicken von Krallen auf dem glatten Asphalt, dazu noch unrhythmisch, weil er ein bisschen hinkt: klick, klick, klick,_____ klick. Ohne die Augen öffnen zu müssen, weiß ich, wer da angehumpelt kommt. Der Nachbarskater „Moritz" schiebt seine gewichtige, vom Rheuma geplagte Figur die Straße hinunter und vor meine erstarrte „Leiche".
„Sag mal, hast du sie noch alle?!", kreischt er mit ehrlicher Empörung.
„Spinnst du jetzt total? Spielst hier den toten Kater oder was? Hör auf damit, das ist kein Spaß, du Katastrophenheini! Ich hab schon zu viele plattgefahrene Artgenossen gesehen, als dass ich das witzig finde."
Ich rühre mich nicht und fürchte schon, dass er mich wieder mit einer neuen detaillierten Schilderung blutiger Leichen langweilt. Er wohnt oberhalb von uns, wo sich unser ruhiges Sträßchen mit der lauten Hauptstraße kreuzt, und so ist er häufig Zeuge von diversen Unfällen, deren Beschreibungen zu seinen Lieblingsthemen gehört.
„Weiß schon, deine Weiße ist mit ihren Zweibeinern weggezogen", fährt er in einem für seine Verhältnisse mitfühlenden Ton fort.

„Hab die Riesenblechbüchse gesehen, mit der sie fortgefahren sind. Kam kaum die Straße bei uns hoch, tolles Model!", meint er fachmännisch.
Er kennt jedes Fahrzeug, weil er den ganzen Tag am Fenster sitzt und die Straße beobachtet. Auch ansonsten weiß er alles, was im Dorf so los ist, deshalb wird er von allen Artgenossen respektiert.
„So was passiert eben. Du weißt doch, wie treulos unsere Weiber sind. Heute hier und morgen da."
Auch in Beziehungsfragen will er Experte sein - ich rühre mich nicht.
„Also jetzt mach schon Kumpel. Steh auf, bevor es zu spät ist und dich jemand von der Straße kratzen muss."
Ich bleibe weiter liegen und halte den Atem an.
„Jetzt heb endlich deinen Kadaver in die Höhe und hör auf zu flennen. Das hat kein Weib verdient. Ich brauche deine Hilfe!", fährt er mit betont wichtiger Stimme fort. Ich hebe vorsichtig ein Augenlid.
„Es hat sich da etwas ereignet. Eine höchst merkwürdige und mysteriöse Geschichte. Das müssen wir klären!"
Er macht eine gewichtige Pause und beobachtet mich aus den Augenwinkeln. „Merkwürdig? Mysteriös?" Jede einzelne dieser Vokabeln hätte schon gereicht, um meine Neugier und mich zu neuem Leben zu erwecken. Das riecht nach Abenteuer und könnte meinen Weltschmerz vertreiben. Also richte ich mich langsam auf.
„Sportsfreund, du musst mir helfen", betont er nochmals.
„Wir müssen dringend eine Versammlung einberufen. Es ist zwar noch früh im Jahr, aber die Sache ist eilig!"
Ich bin ganz Ohr!
„Es hat sich etwas Schlimmes ereignet. Da hat jemand den alten Schuppen abgefackelt, am Ende des Dorfes, wo die alten Blechbüchsen drinstehen. Zwei von den Unsrigen sind dabei umgekommen. Nur der alte graue Kater hat sich retten können. Der sucht jetzt ne neue Bleibe."

Erzählt er mit Besorgnis in der Miene und Anteilnahme in der Stimme. Das muss dem alten Moritz ja sehr nahegehen. Und geradezu kämpferisch fährt er fort:
„Da hat es einer auf die Notquartiere von unseren Obdachlosen abgesehen. Das muss ein Ende haben. Das müssen wir so schnell wie möglich bereden!"
Ich lausche aufmerksam. „Und was soll ich dabei tun?"
„Du sollst im Dorf rumlaufen und die Versammlung einberufen."
„Was, ich? Das ist doch sonst deine Aufgabe!"
Ich lege mich wieder, so lang, wie ich bin, auf die Straße.
„Also, jetzt stell dich nicht so an, Sportsfreund, Kumpel", schmeichelt er los. „Du bist jung und hast noch gesunde Gräten und ich hab das Reißen in den Knochen, vor allem bei der Kälte!"
Ich rühre mich nicht und stelle mich taub.
„Ich lass dir auch was von meinem Futter liegen, versprochen. Du weißt doch, meine Hausfrau hat immer was Leckeres."
Das stimmt. Bei der Aussicht auf solche kulinarischen Genüsse lohnt es sich, wieder ins Leben zurückzukehren.
„Also gut", lenke ich ein, „gehen wir der Sache nach. Ich habe den brenzligen Geruch vor ein paar Tagen auch in der Nase gehabt. Im ganzen Dorf war ein Aufruhr. Es war schwer was los. Allerdings wusste ich nicht, dass welche von uns davon betroffen sind."
„Ja, leider. Zwei junge Kater sind dabei umgekommen. Nur der alte Weißlatz konnte sich retten. Dem hat es das Fell versengt und husten tut er seitdem."
Ich stelle mir kurz diesen schrecklichen Tod vor - wir Katzen fürchten nichts mehr wie Feuer und Wasser –, dann verlasse ich die Straße und trolle mich nach Hause. Moritz, du hast gewonnen - das Leben hat mich wieder!

Ein guter Rat

In der Nacht überlege ich, wie ich mir den Auftrag, unsere jährlich stattfindende Katzenkonferenz einzuberufen, erleichtern kann.
Statt das gesamte Dorf abzulatschen und mich von den meisten meiner Artgenossen - mit vielen von ihnen stehe ich auf absolutem Kriegsfuß - anpflaumen zu lassen, werde ich die Nachricht ganz einfach an das Wägelchen pinkeln, mit dem mein guter Freund Eddi das ganze Dorf mit Zeitungen versorgt. Vielleicht gehe ich noch ein Stück mit, bis die ersten die Nachricht gelesen haben, die sie dann weitersagen können.
Diese gute Idee will ich aber erst mit meinem Mitbewohner Fipsi besprechen. Dieser ist besonders klug und weise, hat viel von der Welt gesehen und weiß bei allen Problemen immer Rat.
In letzter Zeit hat er sich sehr verändert - vielleicht durch die Strapazen des strengen Winters. Er ist „alt" geworden, liegt viel in der Nähe des Ofens, wo es schön warm ist, und geht kaum nach draußen. Außerdem hustet er manchmal, ist kurzatmig und oft hängt er beim Futterfassen nur noch seinen Kopf zum Schein über den Napf und wartet, bis unsere Zweibeinerin die Küche verlassen hat. Dann geht er vornehm einen Schritt zur Seite und überlässt das Futter seiner Freundin Mauli, deren ehemals schlanke Mannequinfigur sich seitdem immer deutlicher von ihr verabschiedet.

Ich finde ihn auf seinem Lieblingsplatz unter dem Ofenrohr liegend - ein großer schwarzer Fladen, aber irgendwie wirkt er matt und energielos.
Ich warte eine Weile höflich, um ihn nicht zu erschrecken und spreche ihn dann vorsichtig an.
Er hört mir geduldig zu, als ich ihm die Neuigkeiten aus dem Dorf berichte, kneift manchmal seine grünen Augen zusammen, reißt sie dann wieder zu voller Größe auf, hustet einmal

und meint dann: „Oh Mann, oh Mann! Das ist aber eine schlimme Sache. Das wusste ich nicht, dass es unter den Unsrigen Opfer gegeben hat. Das tut mir Leid", meint er mitfühlend und seine soziale Ader schwillt.
„Ja, ich habe den Lärm in jener Nacht auch gehört. Ich bin doch nicht taub! Der üble Geruch lag den ganzen Tag noch in der Luft!"
Er hustet und macht eine Pause, um sich zu erinnern.
„Klar weiß ich, was Feuer für Unsereinen bedeutet. Hab selber Bekanntschaft damit gemacht."
Das muss ich mir anhören. Geduldig warte ich, bis er seine Gedanken gesammelt hat.
„Ja, wann war das noch mal? Es ist schon so lange her. Ich glaube, es war in dem Winter, als Mauli zu uns kam. Meine hübsche junge Freundin, ach, war das damals ein reizendes Ding!"
– Nur nicht abschweifen jetzt! –
„Oder war es ein Winter danach? Mein Gedächtnis lässt mich schon ein wenig im Stich."
An seiner Nase erscheinen Falten der Anstrengung, und seine Augen werden dunkelgrün beim Kampf mit der Erinnerung.
„Ja, ich bin mir sicher, es war in dem Winter nach Maulis Ankunft. Auf dem Esstisch lag ein großer grüner Kranz aus duftenden Fichtennadeln, wie jedes Jahr zu Winteranfang. Noch viele andere Gerüche umwallten ihn und zogen mich magisch an. Eine Kerze brannte darauf und spendete wohlige Wärme. Die Chefin hatte in der Küche zu tun, so konnte ich den Kranz in Ruhe abschnüffeln."
Er unterbricht seine Geschichte, um Atem zu schöpfen und hüstelt dezent, damit es niemand hört.
„Der Kranz war so groß, dass in der Mitte ein freier Platz mit einer angenehm körperfreundlichen Rundung war. Gerade recht für ein Schlümmerchen denke ich, zudem war ich damals noch viel dünner, geradezu mager. Vorsichtig hebe ich die Pfoten, eine nach der anderen, und trete in den Kreis, dre-

he mich zweimal langsam um die eigene Achse und rolle mich dann mit aller Vorsicht, aber genüsslich, zu einer fast unsichtbaren schwarzen Kugel zusammen: gemütlich und angenehm warm."
Er macht sinnend eine Pause und genießt diesen Augenblick noch einmal.
„Wo war ich stehen geblieben? Ach ja, ich muss eingeschlafen sein. Jedenfalls wache ich plötzlich durch ein lautes Zischen, einen grausigen Gestank und einen unglaublichen Schmerz auf. Die Kerze war heruntergebrannt und hatte mein Fell erreicht! Mit einem Riesenschrei und einem noch größeren Satz springe ich vom Tisch, sause die Treppe hinunter, durchs Fenster, durch die Katzenklappe, über den Hof zum Gartenteich. Hinter mir höre ich die Hausfrau schreien und mit dem Tierarzt drohen.
Erst wollte ich mich in den Teich werfen, aber Wasser ist genauso schlimm wie Feuer. Also bin ich in den Apfelgarten geflitzt und habe mich auf der kühlen, feuchten Wiese gewälzt wie ein Irrer und dort auch die Nacht in dem kalten Gras verbracht."
Er stöhnt bei dieser Erinnerung.
„Hatte ich Schmerzen, sag ich dir, die ganze Nacht und den ganzen Tag, und eine kahle rote Stelle im Balg und nicht einmal lecken konnte ich mich! Diese Schmerzen! Oh Mann, oh Mann!"
Und wieder braucht er eine Erholungspause. Ich warte geduldig.
„Und jetzt kommt noch das Schlimmste. Als ich mich wieder ins Haus traue, wartet dort unsere Hausfrau, jöselt[1] mich an, von wegen armer verletzter Kater und so, und will mich zum Tierarzt schleppen!!"
Ich kenne seine Tierarztphobie.
„Weißt du, was das heißt: zum Tierarzt!?"

---

[1] jammert

Er macht eine gedankenvolle Pause.
„Dort machen sie einen ganz dummelig, und wenn du wieder klarsiehst, dann fehlen dir die wichtigsten Körperteilchen. Ich hab's erlebt und werde es niemals vergessen! Du bist dann kein ganzer Kerl mehr, keine von unseren Katzendamen schaut sich dann noch nach dir um."
Wieder atmet er schwer und seufzt von der Erinnerung überwältigt.
„Ich war damals gerade frisch verliebt, in eine Schwarz-Weiße. Als ich wieder um sie werben wollte, haben mich die anderen Kater verprügelt und sie hat mich ausgelacht! Jawohl, nix ging mehr! So eine Blamage!!"
Völlig erschöpft vom Erzählen und den Qualen der Erinnerung legt er seinen Kopf auf die Pfoten und entschlummert sofort.
Ich gehe still meiner Wege.

Das Vermächtnis

„Wer Gutes tut, wird Segen ernten", das ist Fipsis Lebensmotto, deshalb wird er von allen Artgenossen respektiert und geachtet.
In dieser Nacht verlasse ich mit einem merkwürdigen Gefühl im Bauch die Katzenklappe. Es ist nicht Hunger – wie ihr vielleicht denkt – es ist Wehmut und Sorge um meinen Freund.
Die Nacht ist kalt und noch frostig, aber mein schnupperndes Näschen wittert schon einen Hauch von Frühling. Mein Revier

ist groß. Ein Pferdehof mit zwei Scheunen, vielen Hütten, in denen große Tiere drinstehen (von den Zweibeinern „Pferde“ genannt,) vor deren Füßen man sich in acht nehmen muss. Im Prinzip sind das nervöse, ängstliche Viecher, nur mit einem schwarzen Hengst, der nach meiner Ansicht etwas klüger ist als die anderen, habe ich so etwas wie Freundschaft geschlossen. Dann gehört noch dazu ein Garten mit Apfelbäumen, ein Teich mit Johannisbeerbüschen, die im Sommer Schatten spenden, eine große Halle, wo sich die haarigen Viecher drin bewegen, - dort kann man sie herrlich erschrecken –. Der weiche Boden dieser Halle ist unser aller Katzenklo. Sehr luxuriös. In den Hof werden in regelmäßigen Abständen große duftende Heuballen und warme Strohballen gefahren und aufgestapelt, die perfekte Möglichkeiten zum Klettern und Versteckspielen bieten. Aber das Wichtigste ist der Haferboden. Dort ist unsere Mäusezuchtanlage, und jeder Jagdausflug ist erfolgreich. Aber hier gibt es auch häufig wildlebende Konkurrenten aus dem Feld zu schlagen. Dann ist unser Kampfgeheul über den ganzen Hof zu hören, wobei sich Dame Mauli immer besonders hervortut, denn sie muss das Revier für ihren Nachwuchs verteidigen.
Fipsi dagegen ist milde und großzügig. Er lässt jedem etwas übrig. Ich dagegen beschränke mich hauptsächlich aufs Markieren: „Das ist meins“, indem ich jede Ecke und Kante anpinkele, damit es den anderen ordentlich stinkt, so vermeide ich offene Kämpfe, die kraftraubend sind. Also hebe ich jetzt den Schwanz steil in die Höhe, balanciere auf den Hinterpfoten, ziele genau das Objekt an und lasse es zischen. Ich beginne im Hof mit den Heu- und Strohballen, klettere dann die Leiter zum Boden hinauf und setze dort meine Arbeit fort, bis die Blase total leer ist. Aber es befriedigt mich heute nicht. Ich muss an Fipsi denken.
Dann klettere ich umständlich die Leiter wieder hinunter, mit den Hinterpfoten zuerst. Auf halber Höhe komme ich ins Straucheln, rutsche ab und lande mit Getöse in der Mistkarre.

Die Pferde in ihren Ausläufen rotieren erschrocken, schimpfen und stürzen in ihre Hütten.
Im Haus geht ein Fenster auf.
„Was ist denn hier los?"
Heute ist nicht mein Tag!
Lustlos schlendere ich über den Hof und durch die Ausläufe, wobei ich darauf achte, keinem der nervösen großen Tiere zu nahe zu kommen und erreiche den Misthaufen hinter den Ställen. Hier sind nicht nur dicke Mäuschen, sondern oft auch brauchbare Bioabfälle zu finden. Ich halte die Nase schnüffelnd hoch. Aber ich habe keinen Hunger.
Ich gehe am Teich vorbei, auch hier ist nichts los. Die Wasseroberfläche ist noch mit Eis bedeckt, und alles Leben verharrt in kalter Winterstarre. Auch der Blick in den Apfelgarten bringt nichts Neues. Die Bäume stehen still im fahlen Mondlicht und warten auf den Frühling. Ich bin traurig.

Eine lebende Seele treffe ich hier hinten allerdings an. Seit einiger Zeit wohnt in einem Stall mit großem Auslauf der schwarze Hengst, mein neuer Freund. Ich nenne ihn kurz den Großen Schwarzen. Er bildet sich sehr viel darauf ein, dass er noch ein „ganzer Kerl" ist und nicht ein Kastrat wie die anderen hier auf dem Hof. Ich springe auf das Dach seiner Hütte und schaue auf ihn hinunter.
„Hast meine Damen da vorne im Hof ganz schön erschreckt, du rotes Ungeheuer!", pflaumt er mich an. Ich schweige.
„Ich sehe schon, zu weiteren Scherzen bist du heute nicht aufgelegt." Ich wende den Kopf ab.
„Hast Sorgen, was? Es geht um deinen schwarzen Artgenossen, stimmt's? Der sah nicht gut aus, als er das letzte Mal hier draußen war. Das ist schon eine Weile her. Der braucht jetzt die Zuwendung und den Schutz der ganzen Herde - jedenfalls ist das bei den Unsrigen so."
Stimmt - ich muss zu Fipsi gehen.

Ich finde ihn auf dem Bücherregal unter dem warmen Ofenrohr liegend, einen Platz, den er seit Tagen nur zur Verrichtung seines notwendigen Geschäftes verlassen hat. Er liegt auf einem Zeitungsstapel zwischen den Büchern und scheint zu schlafen.
„Komm nur näher, ich schlafe nicht", spricht er mich plötzlich an.
„Ich denke darüber nach, dass es jetzt Zeit wäre, in die kalte Nacht hinauszugehen, aber ich bin einfach zu müde und zu schlapp."
Ich weiß, was das bedeutet. Wenn einer von den Unsrigen gehen muss, so tut er das allein und verkriecht sich irgendwo draußen.
„Bleib ein wenig bei mir, mein Freund. Ich habe noch eine Bitte an dich", wendet Fipsi sich nochmals an mich.
– Freund – Bitte! Mit so etwas bin ich vorsichtig. Vielleicht sollte ich doch lieber gehen?
„Nun bleib doch. Das liegt mir am Herzen. Ich muss bald gehen, muss den Platz freimachen. Daher kann ich mich nicht mehr um Maulis Nachwuchs kümmern. Du wirst das übernehmen müssen. Du wirst sein Lehrer und Mentor sein. Versprich mir das!"
Aha – daher weht der Wind.
„Iiich? Was? Lehrer? Mentor? Für diesen Nasenpickel? Soll seine schlaue Mutter das doch machen!", versuche ich empört abzuwiegeln.
„Du kennst unsere Gesetze", bleibt Fipsi hart. „Wenn die Jungkatzen von den Müttern entwöhnt sind, kümmert sich ein älteres, erfahrenes Mitglied der Sippe um die Kleinen. Du musst ihm das ganze Revier mit all seinen Gefahren zeigen, damit ihm nichts passiert – und auch die besten Mäusejagdgründe, damit er sich im Notfall selbst verpflegen kann und nicht von jemandem abhängig ist."
Streng schaut er mich aus seinen grünen Augen an. Gerade dieser Punkt – die Unabhängigkeit – war ihm sein ganzes Le-

ben lang besonders wichtig. Und was das Futter anbelangt, misstraut er mir - zu Recht.
Versonnen fährt er nach einer kleinen Atempause seine Reise in den Erinnerungen fort.
„Ja, diese Aufgabe des Lehrmeisters hatte ich auch bei der kleinen Mauli. Ach, war das damals ein süßes Ding: Grazile Figur, ein feines Stubsnäschen und der zierliche Gang mit ihren eleganten vier weißen Pfötchen, verspielt und immer fröhlich. Ach, das ist sehr lange her. Ich war damals noch ein gestandener Kater und in meinen besten Jahren. Ich habe sie in mein Revier eingeführt, ihr das Haus gezeigt und die Futterstelle. Das gefiel ihr und schließlich ist sie bei uns eingezogen, und wir wurden ein glückliches Paar. Ich erinnere mich an wunderschöne Tage zu zweit: Kuscheln auf dem Sofa, gemeinsames Sonnenbad auf den Strohballen, ein Nickerchen eng aneinander geschmiegt im duftenden Heu. Ach, war das ein schönes Leben. Es ist lange her - zu lange. Jetzt muss ich den Platz räumen. Du aber gibst mir das Versprechen, dich um den kleinen Pico zu kümmern, Maulis letzten Sohn", endet er seinen Lebensrückblick mit schwacher Stimme.
Ich winde mich. Schon wieder eine Aufgabe, von der ich nicht weiß, welche unangenehmen Konsequenzen sie hat, welche Einschränkung meiner eigenen Freiheit.
„Diesen albernen herumhüpfenden Nasenpopel soll ich betreuen?", versuche ich nochmals abzuwiegeln.
„Na, na. Sei nicht so überheblich. Du warst auch einmal so."
Dem alten Fipsi mit seinem hypnotischen Blick kann man nichts abschlagen.
„Jaaa gut, ich werde es probieren", gebe ich endlich nach.
Erleichtert schließt Fipsi die Augen und entschlummert.
Noch während ich über mein leichtfertig gegebenes Versprechen nachdenke, höre ich einen dumpfen Schlag und Fipsi fällt vom Regalbrett, wackelt noch einmal mit allen vier Pfoten - und liegt still, ganz still - er ist tot - einfach so. Zuerst begreife ich es gar nicht, weil seine schönen Augen immer noch leuch-

ten wie zwei grüne Smaragde, aber dann beschnuppere ich seinen Körper, der langsam seinen Geruch verliert. In respektvoller Entfernung bleibe ich bei ihm sitzen, bis sein Geist den Raum verlässt.
Schwarzer - du warst ein guter Freund.
Du und deine Geschichten - ihr werdet mir fehlen-.

Meine Probleme

„Wer keine Sorgen hat, macht sich welche."
So komme ich mir im Moment vor.
Problem Nr. 1: Die Einberufung der Versammlung löse ich an einem schönen Vorfrühlingsmorgen. Das Gässchen vor unserem Haus ist schon schnee- und eisfrei. Es ist noch dunkel, als ich im Vorgarten auf meinen guten Freund Eddi warte. Er bringt für das ganze Dorf die Zeitungen und transportiert sie in einem kleinen Wägelchen, das er hinter sich herzieht. Schon höre ich seine Schritte und begebe mich auf die Straße. Wir begrüßen uns wie immer sehr herzlich, indem ich meinen Kopf an seinen Hosenbeinen reibe. Darauf krault er mir das Kinn, und ich schnurre zum Dank in meinen höchsten Tönen. Er hat immer für mich Zeit.
„Äh, Tibbi, alter Kumpel, is alles jut? Ich bin ja so alläh, seit ich von hier fort bin", und er streichelt mir dabei sanft den Kopf.

Er hat früher neben mir gewohnt, musste aber sein Haus verlassen, weil er kein Geld mehr hatte, und ist an die Hauptstraße gezogen.
„Da steht mein Haus, un es is immer noch kaputt." Dabei schaut er wehmütig zu seinem alten Haus hinüber. Wir waren gute Nachbarn, und ich habe ihn gerne besucht. Jetzt stinkt es in dem verlassenen Haus, und wenn jemand da ist, wird ein Riesenlärm gemacht, so dass es für mich zu einer unangenehmen Zone geworden ist.
„Das is doch noch immer mei Haus, auch wenn ichs verkauft han. Ich bin da geborn un uffgewachse. Jetzt ham es fremde Leit und tun's ‚renoviere'. Die mache jetzt schon en halbes Jahr dran rum, un es wird nix. Manchmal is wochelang kähner do. Jo, un es Gardehäusche, des fehlt mir so", jammert er verzweifelt.
Apropos „Gartenhäuschen" - ich versuche Eddi klarzumachen, dass es darin jetzt oft widerlich nach Blechbüchse stinkt.
„Ich han nie e Auto gehät un e Mofa au net", meint er verwundert und jammert dann weiter.
„Die neie Leit mache ja, was se wolle, un mache älles kaputt. Äh Schand is das - äh Schand!"
Während er weiter schimpft - was ihn offensichtlich erleichtert, gehe ich um sein Wägelchen herum und pinkle die Aufforderung für die anstehende Versammlung an alle Reifen und an die Zeitungen, damit alle Artgenossen, auch die, die noch in der warmen Stube bleiben, erfahren, dass die Sache ganz dringend ist.
Eddi streichelt mir noch einmal zum Abschied den Rücken, wirft noch einen letzten wehmütigen Blick auf sein ehemaliges Zuhause, und dann zieht er weiter durchs Dorf.
Das hätte ich zu meiner Zufriedenheit erledigt und nun schaue ich mir das Problem Nr. 2 an.
Solange der kleine Pinsel noch an Mutters Zitzen hing, habe ich es tunlichst vermieden, auch nur ansatzweise in seine Nähe zu kommen. Wohl wissend, wie vehement Mutter Mauli

ihre Brut nach allen Seiten verteidigt. Nur Fipsi durfte mit angelegten Ohren mal schnell vorbeiflitzen und einen Blick auf den Kleinen werfen, aber dafür musste er als Geschenk eine Maus mitbringen.
Jetzt ist er schon selbständig und kommt mit an die Futternäpfe zum Fressen. Und wenn ich so sehe, wie hastig und gierig er seine Portion und oft auch die seiner Mutter herunterschlingt, so macht mir dieses unkultivierte Verhalten Sorgen. Ich werde meine Portion jedenfalls nach Kräften verteidigen!
Auf den ersten Blick sieht der Kleine ganz normal aus: vier weiße Pfoten, schwarze Jacke, großer weißer Brustlatz und eine weiße Maske von der Nase bis in die Stirn. Aber auf der Nase und rechts und links davon sitzen mehrere schwarze Punkte im leuchtenden Weiß. Das sieht vielleicht komisch aus, als ob er seine Nase zu tief in ein Tintenfass gesteckt hätte.
Dann springe ich auf den Aquariumdeckel – früher Fipsis Lieblingsplatz, aber ich denke, der steht jetzt mir zu. Von hier oben will ich dem Kleinen gleich mal ein paar der wichtigsten Benimmregeln unter uns Katzen beibringen.
„He, du Clown, hör mal zu, ich bin dein Lehrer und bereite dich fürs Leben vor." Er schaut zu mir auf.
„Regel Nr. 1: Erwachsene Katzen haben immer Recht!"
„So?"
„Regel Nr. 2: Pfoten weg von meinem Futter!"
„Echt?"
„Regel Nr. 3: Wenn ich an dir vorbei will, musst du Platz machen!"
„Ja?"
„Regel Nr. 4: Wenn ich irgendwo penne und mich ausruhe, darfst du mich nicht stören!"
„Und wenn ja?"
„Dann kriegst du eine getachtelt!"
„So, so."
„Regel Nr. 5: Wenn du auf meinem Lieblingsplatz liegst, kriegst du Hiebe!"

„Ach, ja? Und was machst du eigentlich für mich?"
„Ich zeige dir die Welt!"
„Prima, ja! Ich will was sehen, Abenteuer, ja!"
Vergnügt hüpft er unter mir herum und kegelt drei Walnüsse gleichzeitig über das Parkett im Wohnzimmer. Das klickende Geräusch macht auch mir Spaß. Wenn sich die Nüsse hinter dem Schrank oder unter dem Sessel verhaken, holt er sie geschickt mit seinen Pfoten bei vollem Körpereinsatz wieder hervor, und das wilde Spiel geht weiter. Blöd ist er nicht – sonst würde ich mich auch nicht mit ihm abgeben.
Soeben bringt Mutter Mauli ihm eine tote Amsel als Anschauungsmaterial vorbei. Sofort stürzt er sich mit wildem Knurren auf den Vogel und zeigt damit allen: Das ist meine Beute! Dann wird der Vogel zerfleddert, dass die Federn nur so fliegen und mit in das Nüssespiel integriert. Schließlich landet er im überfüllten Papierkorb, Pico mit einem Hechtsprung hinterher, der Korb fällt natürlich um. Aber unter dem Haufen Papier lässt sich der Vogel gut verstecken und wieder ausgraben, so dass sich Federn, Papier und Nüsse im ganzen Zimmer verteilen. Pico hüpft selig wie ein Kobold hin und her, und die Federn wallen im Takt mit. Eine fliegt zu mir hoch, die ich mir aus der Luft fische – da geht plötzlich die Tür auf, und unsere Hausfrau erscheint. – Sie steht erstarrt.
„Was zum Teufel ist denn hier los? Was für ein Chaos? Wer war das?"
Der Kleine hat sich schon längst unter dem Sessel unsichtbar gemacht, und ich habe die verräterische Feder im Maul.
„Tibbi, warst du das?"
Ich werde mich in Zukunft mehr in acht nehmen müssen, dass ich nicht seine Streiche ausbaden muss, denn bei den Zweibeinern gilt: Der Kleinste hat Recht. Aber Pico kriegt auch seine erste Lektion: Zweibeiner sind Spielverderber! So haben wir beide etwas gelernt.

„Mann hab ich einen Durst. Ich brauch jetzt unbedingt ein Käffchen. Hab' gerade den Weihnachtsbaum abgeräumt, war das ne Arbeit!"

Die Versammlung * „Einigkeit macht stark"

Aber mit der Einigkeit ist das bei uns Katzen so eine Sache. Wir reden zwar miteinander und diskutieren in unserer Gedankensprache, und manchmal beschließen wir, auch etwas zusammen zu unternehmen. Doch dann geht jeder einzelne nach Hause und macht wieder, was er will. Denn unsere Stärke ist die Individualität und Unabhängigkeit. Wir sind niemandem verpflichtet und tun das, was uns gefällt.
Dennoch treffen wir uns in regelmäßigen Abständen zu einer Versammlung aller Katzen in einem großen Revier, wo wir Neuigkeiten austauschen. Für Zweibeiner sieht das so aus, als ob wir uns in großer Zahl zufällig getroffen hätten, des nachts an einem stillen, verschwiegenen Ort. Diesmal will auch meine Mitbewohnerin Mauli an dem Treffen teilnehmen, schließ-

lich ginge es da auch um Kinderschutz, und dieses Thema ist ihr im Moment besonders wichtig.
In einer schönen Vorfrühlingsnacht - die Luft duftet schon verheißungsvoll - machen wir uns im Mondlicht auf den Weg. Bei einer alleinstehenden Laube in einem großen Apfelbaumgarten am Rande unseres Dorfes treffen wir uns. Schon von weitem sehe ich, dass meine Artgenossen sehr zahlreich erschienen sind, auch solche aus den angrenzenden Revieren. So wichtig ist die Sache. Sie sitzen da in kleinen Gruppen, aber dennoch in respektvoller Entfernung voneinander, denn jeder achtet die Individualdistanz des anderen.

Jetzt erscheint Moritz, mein Nachbar, der die meisten Versammlungen leitet, weil er einer der ältesten und klügsten ist und weil er immer das Neueste erfährt, denn er wohnt an der Kreuzung zweier wichtiger Straßen mitten im Dorf und hat Zeit, den ganzen Tag am Fenster zu sitzen.
Moritz begibt sich in die Mitte unserer Gesellschaft und trennt erst einmal diejenigen voneinander, die sich überhaupt nicht riechen können, damit diese keinen Streit anfangen.
Bei einer Versammlung ist laut Katzenrecht jede Form von Schlägerei zu unterlassen. Daher setze auch ich mich weit weg von dem fiesen Grauen, den ich überhaupt nicht leiden kann, und mit dem ich mir schon so manchen Kampf geliefert habe.
„Hallo Kumpels. Schön, dass ihr da seid", beginnt er etwas unbeholfen. Moritz ist kein begnadeter Redner.
„Ich freue mich, dass so viele von euch gekommen sind. Aber leider habe ich diesmal nur schlechte Nachrichten für euch."

Er macht eine kunstvolle Pause und schaut in die Runde.
„Als erstes ist zu vermelden, dass mein Freund und Nachbar, der schwarze Fipsi, uns verlassen hat. Ganz schnell und plötzlich. Er war ein Großer unter uns. Viele von euch haben ihn gekannt und geachtet."
Alle nicken und schauen ernst zu Boden.

„Wir wollen nun für unseren Freund eine Schweigeminute einlegen und an ihn denken."
Wir sitzen ganz still im Mondlicht, und jeder fühlt, dass Fipsis Geist bei uns ist.
„So, und nun zu unserem großen Problem", hebt Moritz wieder an.
„Ich gebe jetzt das Wort an unseren alten Weißlatz. Der hat alles am eigenen Leib miterlebt."
Ein graugetigerter Kämpfer mit zerschlitzten Ohren und einem leuchtend weißen Brustlatz, den er zu diesem Anlass besonders sauber geputzt hat, tritt mit bescheidener Miene in die Mitte. Er räuspert sich nochmals verlegen, und man merkt, dass er es nicht gewohnt ist, im Mittelpunkt zu stehen.
Dann schaut er ernst in die Runde, strafft seinen Körper, bläht seinen weißen Brustlatz – erwartungsvolle Stille – und beginnt mit unsicherer Stimme:
„Verehrte ... äh ... sehr geehrte Kater ... äh nein ... sehr geehrte Kätzinnen und Kater, liebe Miezen ..."
„M i e z e n? – W e n meint er damit?", zischt Mauli aufgebracht neben mir hoch.
„Wer ist das überhaupt?"
„Ein obdachloser Kater, der jetzt mal was zu sagen hat!"
Eine allgemeine Unruhe breitet sich aus. Moritz muss eingreifen.
„Ruhe Leute, Ruhe. Lasst ihn doch mal reden."
„Also – meine lieben Freundinnen und Freunde", versucht es der Graue nochmals, nun schon etwas sicherer.
„Wenn er mich jetzt noch einmal ‚seine Freundin' nennt, aber dann ...", wispert Mauli zu mir hin.
„Es überwältigt mich, dass ihr so zahlreich über den Todesstreifen gekommen seid, der wie ein graues Band unser gemeinsames Revier in Hüben und Drüben trennt."
– Er meint die Hauptstraße, wo zahlreiche Blechbüchsen täglich rasen und nach unserem Leben trachten. –

„Wir sind hierher gekommen, um zu trauern, denn Trauer braucht seine Zeit, bis Trost endlich tröstet, und der Schmerz schmerzt mich unendlich. Es war einmal meine Heimat – und nun ist es verbrannte Erde."
„Schon gut, schon gut Kumpel, jetzt komm endlich zur Sache", mahnt Moritz schon etwas ungeduldig.
„Ja … äh … also" Etwas aus dem Konzept gebracht, fährt er fort: „Meine Heimat ist diese Gemeinde und meine Wohnung liegt unten am Bach auf einem großen Platz, wo viele tote Blechbüchsen herumstehen. Es gibt da reichlich Mäuse, und in einer der Blechbüchsen habe ich ein angemessenes Obdach. Zwei junge Kater haben sich mir angeschlossen und jagen und schlafen mit mir gemeinsam. Wir sind Freunde, auch in der Not, und genießen gemeinsam unser wichtigstes Gut: die Freiheit. Diese Freiheit ermöglicht uns ein Höchstmaß an individueller Entfaltung und als Gesamtheit ein Höchstmaß an Unabhängigkeit…"
„Kumpel", mahnt Moritz, „komm zur Sache!"
„Ach ja, die Sache, also: In jener schwarzen Nacht, es war eine ruhige Nacht, schlief ich fest in einer der Blechbüchsen. Auf einmal zischt es neben mir, es stinkt bestialisch und beißender Qualm zieht mir in die Nase. Ich bin sofort hellwach und renne, was die Pfoten hergeben. Hinter mir bricht die Hölle los. Eine große schwarze Rauchwolke holt mich ein und lässt mich fast ersticken. Die enorme Hitze versengt mein Fell, so dass die Haut schmerzt. Am ganzen Körper zitternd vor Angst, flüchte ich mich in ein Feld und ducke mich flach in die Ackerfurche, wo die feuchten Gräser meinen Bauch kühlen. Hier falle ich in eine Starre, und als ich mich wieder bewegen kann und zurück auf meine Heimat schaue, sehe ich nur verkohlte Schwärze, Rauch und verbrannte Erde.
Aber was das Schlimmste ist, meine beiden Mitbewohner – noch so jung und voller Tatendrang – haben es nicht geschafft, dem Inferno zu entfliehen. Ich finde den einen zerquetscht und erschlagen unter den Trümmern, und der andere bietet

einen Anblick, der mich immer noch in seiner Grausamkeit zutiefst erschüttert. Er muss wie eine Fackel gebrannt haben", endet er mit leiser Stimme seinen Bericht, immer noch ergriffen von den entsetzlichen Ereignissen dieser Nacht.
Dann erhebt unser Grauer noch einmal die Stimme und eine Pfote und spricht die mahnenden Worte:
„Nun sind wir verbunden durch Trauer und Schmerz und eine tiefe Ratlosigkeit, aber auch verbunden durch gegenseitige Anteilnahme und Hilfe. Das war ein Attentat auf unsere Freiheit."
„Der sollte unser Anführer werden", wispert verzückt eine kleine Schwarz-Weiße neben mir.
„Sowas brauchen wir nicht", raunzt Mauli missgelaunt.
„Aber er redet doch so schön!", schwärmt die Kleine.
„Hast du jemanden gesehen?", bringt Moritz die entrückte Versammlung wieder zurück in die Realität.
„Ja, so ist es. Wie ihr wisst, sind unsere Sinne auch während des Schlafens wach. Es war eindeutig ein Zweibeiner kurz vor der Explosion anwesend. Ich konnte ihn riechen und auch herumschleichen hören, deshalb war ich auch so schnell auf den Pfoten. Ob der Attentäter nun von rechts oder von links kam, kann ich nicht sagen."
„Was für ein Täter?", flüstert Mauli dazwischen.
Die nehme ich nie wieder zu einer Versammlung mit.
„Und so rufe ich euch auf, liebe Freundinnen und Freunde, wenn es im Herzen brennt, dann wird der Kopf klar. Lasst uns gemeinsam gegen solch üble Taten vorgehen. Nur gemeinsam sind wir so stark, dieser Gefahr zu begegnen. Dies war ein Anschlag auf unser höchstes Gut, nämlich die Freiheit."
Unser Weißlatz redet sich erneut in Schwung, begleitet von den verzückten Blicken der kleinen Schwarz-Weißen.
„Warum redet der dauernd von Freiheit?", mault Mauli wieder dazwischen.
„Weil er in seiner Jugend in einer Zweizimmerwohnung gelebt hat, ohne Katzenklappe", klär ich sie auf. „Da ist er geflo-

hen und hat sich vom Balkon gestürzt – vom vierten Stock!! Seitdem lebt er hier draußen und hat ein Gefängnistrauma."
„Is gut, lass gut sein, Kumpel", beschwichtigt Moritz den Redner.
„Um es ganz klar zu sagen: Da läuft ein zweibeiniger Katzenhasser herum. Der hat es vor allem auf unsere Obdachlosen abgesehen!", empört sich ein großer schwarzer Kater, den ich noch nie auf einer unserer Versammlungen gesehen habe.
„Das ist eine Diskriminierung, eine Beleidigung. Wir sind Freilebende und keine Obdachlosen und ihr trägen Fettsäcke seid nur neidisch auf uns!", ruft ein Grauer aufgebracht dazwischen.
„Gemach, Kumpel, gemach", versucht Moritz zu beschwichtigen, wohl wissend, wohin eine hitzige Debatte unter Katzen führen kann.
„Und was ist das mit eurer hochgelobten Freiheit, hä?", wirft sich ein sehr fülliger Kater aus der ersten Reihe in den Ring.
„Das sind Kälte, Nässe, Not und Hunger, jawohl, viel Hunger!"
„Du bist doch nur ein faules, vollgefressenes Haustier, abhängig von deinen Zweibeinern – fett und wehleidig", schlägt der Graue zurück.
Alle lauschen der Diskussion gespannt. Jetzt geht es ums Grundsätzliche.
„Ihr seid Raufer und Schläger, stinkend und ungepflegt, immer bereit, den anderen das Futter zu stehlen", kontert der Dicke.
„Nun beruhigt euch doch wieder", versucht Weißlatz abermals Kultur in die Debatte zu bringen.
„Ich hätte nicht diese Rede halten können, wenn ich nicht bei den Zweibeinern gelebt hätte. Ich habe von ihnen viel gelernt. Sie haben meine Intelligenz gefördert und mir ein soziales Verhalten beigebracht. Aber andererseits sind wir geborene Wildtiere und sollten das in einem gewissen Umfang auch

bleiben. Wir sind stolz darauf. Das hat uns jahrtausendelang das Überleben gesichert."
„Was heißt hier wild?", gibt der Dicke nicht auf. „Was glaubst du, wie wild ich werden kann, wenn das Futter nicht pünktlich gereicht wird!"
„Und was glaubst du, wie wild ich erst werde, wenn der Tierarzt mir ans Fell will!", wirft Mauli leidenschaftlich in die Debatte.
„Ausgerechnet du, du wehleidige Luxus-Tussi!", tönt eine Kätzin von der Gegenseite.
„Du schläfst im warmen Bett und weißt gar nicht, wie es hier draußen aussieht!"
„Ich, als alleinerziehende Mutter …", hebt Mauli wieder an, kommt aber nicht weiter, weil die andere keift:
„Du kriegst ja immer nur ein einziges Balg, du kannst gar nicht mitreden, wenn Unsereiner vier bis sechs aufziehen muss!"
Aus ist es mit der Hoffnung auf Einigkeit. Wenn sich unsere Damen erst in die Wolle kriegen, ist es besser, man zieht sich zurück. Auf dem Heimweg meint Moritz zu mir:
„Mal wieder typisch: Die einen schwätzen, die anderen zanken. Ich schätze, die Arbeit bleibt wieder an uns beiden hängen, Kumpel!"
An mir! Fürchte ich.
Zu Hause angekommen, kuschele ich mich unter die Bettdecke zu meiner Zweibeinerin, denn diese Nacht ist noch kalt. Sie wacht kurz auf und streichelt meinen Kopf, der oben rausguckt, und ich besänftige sie mit einem zufriedenen Schnurren. Dann denke ich an die da draußen und frage mich: Was ist Freiheit?
M e i n e Freiheit ist die Katzenklappe!

Erster Ausflug in die große Welt

Nach dieser anstrengenden Nacht brauche ich erst einmal viel Ruhe und penne bis in den Mittag hinein. Der Hunger und das piepsige Stimmchen meines „Zöglings" wecken mich. Ersterer ist schnell gestillt, aber der Kleine hüpft um mich herum.
„Onkel Tibbi, Onkel Tibbi, ich will raus, darf ich mit!"
„Ich bin nicht dein ‚Onkel'. Wenn du raus willst, frag deine Mutter."
Die liegt auf dem Aquariumdeckel und zischt von oben runter.
„Hab 'ne Blessur. Dieses dürre Miststück von der Versammlung hat mir auf dem Heimweg im Fichtengebüsch aufgelauert. Dort haben wir unsere Diskussion mit Zähnen und Krallen fortgesetzt. Sie hat mich in die Hinterpfote gebissen, aber frag nicht, wie s i e aussieht."
Mit anderen Worten: Ich muss mit dem Kleinen raus.
Das erste Hindernis für ihn ist der Sprung vom Fußboden des Badezimmers auf das Fensterbrett. Für mich eine Leichtigkeit, aber er mit seinen kurzen Beinchen und dem dicken Milchbauch schafft nur die halbe Höhe. Nach dem dritten Versuch landet er im Klo und rudert quiekend in der Kloschlüssel herum. Das ruft sofort seine besorgte Mutter auf den Plan. Die schmerzende Pfote vergessend, packt sie ihn im Genick und springt mit ihm aufs Fensterbrett. Schlecht gelaunt, wie sie heute sowieso ist, fährt sie mich an:
„Du sollst auf ihn aufpassen, du Trottel, das hätte schiefgehen können!"
„Das ist unsere erste Lektion: Katzen müssen lernen, ohne fremde Hilfe auszukommen und sich aus jeder misslichen Lage selber zu befreien", versuche ich abzuwiegeln.
„Das ist Überlebenstraining" – und schon springen wir beide aus dem Fenster.
Das nächste Hindernis: Die Katzenklappe überwindet er schon nach dem zweiten Versuch. – Er ist halt doch ein cleveres

Kerlchen. Dann sind wir im Hof. Picos Augen werden groß und größer. „Uuiui … supi … geil, eh … echt … cool …"
Ich hoffe, sein Wortschatz wird im Laufe der Zeit etwas anspruchsvoller. Plötzlich springt der Kleine wie von einer Biene gestochen durch meine Beine hindurch und verschwindet wieder in der Katzenklappe.
„Du Feigling, komm raus, was ist denn?"
„Die … die … die Riesenmonster da draußen", stammelt er, als sein Kopf wieder in der Klappe erscheint.
„Komm raus! Die sind ansonsten harmlos. Sie werden Pferde genannt. Du musst dich nur vor ihren großen Tretern fernhalten. Die sehen nicht, was vor ihnen liegt. Dumme Viecher. Wenn du unter ihre Hufe gelangst, bist du platt. Manche kann man necken, vor anderen musst du dich in Acht nehmen, die haben immer schlechte Laune. Sie sind alle sehr ängstlich, vor allem die Jungen. Nur der große Schwarze, der hinten beim Misthaufen alleine steht, ist etwas anders, klüger und ruhiger, mit ihm kann man sich sogar unterhalten, er ist viel herumgekommen und kann viel erzählen."
Aber Pico hört schon nicht mehr zu. Er hat etwas Neues entdeckt.
Ein Windstoß fährt über den Hof und lässt ein paar trockene Blätter und Heuhalme in der Luft tanzen, und der Kleine tanzt mit ihnen. Er hüpft mal hier hin und dahin und vergnügt in die Höhe, um etwas zu erhaschen.
Langsam fängt mir sein Treiben an, Spaß zu machen. Ich springe auf einen großen Rundballen Heu, der mitten im Hof steht. Dieser dient mir als Aussichtsturm. So habe ich alles im Blick, was unter mir geschieht.
Aus den Augenwinkeln beobachte ich zwei heftig miteinander streitende Spatzen und überlege, ob ich mich einmischen soll. Da hat der Kleine sie auch erspäht und schleicht sich an. Beinahe wäre ihm sein erster Fangsprung auch gelungen – die Spatzen fliegen schimpfend weg – na ja, gar nicht so schlecht für den Anfang und durchaus ausbaufähig.

Übermütig hüpft er nun über den Hof, kugelt sich auf den Rücken, winkt mit allen vier weißen Pfoten in der Luft in gefährlicher Nähe eines neugierigen Pferdemauls, springt dann plötzlich voller Freude auf den Rand eines Wasserbottichs, der den haarigen Viechern als Tränke dient, balanciert auf dem Rand herum, wobei er beinahe ins Wasser fällt. Dann hüpft er an dem Heuballen hoch, auf dem ich liege, stürzt auf halber Höhe ab, reißt einen ganzen Ring losen Heus mit sich und wird unter der Heulawine begraben. Dann erscheint sein Popelnäschen zwischen den Halmen, gefolgt von zwei runden Telleraugen, schließlich seinem offenen Mäulchen, und er schreit verzückt: „Uuiui - toll - cool - uuiui!"
Von dem Getöse erschreckt, fliehen die umstehenden Pferde mit knallenden Hufen aus ihren Ausläufen in die Boxen - ich sag's ja: hysterisch! Im Haus fliegt ein Fenster auf, die Stimme unserer Zweibeinerin schreit: „Was zum Teufel ist denn hier los??"

„Es ist eine Sauarbeit, den Dreck von anderen wegzukehren. Ich weiß, wovon ich rede. Ich habe dabei zugeschaut."

Eines wird mir nun sonnenklar: Es ist leichter einen Sack voller Katzenflöhe zu hüten, als diesen Bengel zu beaufsichtigen. Das riecht nach Arbeit.
Und was lerne ich daraus? Bei solchen Aufträgen trete ich in Zukunft in die zweite Reihe.

Die Nachbarn

Ich habe es mir schon gedacht! Natürlich ist meinem kleinen Zögling der Innenhof schon nach ein paar Tagen zu langweilig.
„Was ist hinter dem Zaun? Was ist hinter dem Haus? Wo ist die weite Welt? Ich will Abenteuer!“, löchert er mich andauernd.
Gut, wir gehen heute gemeinsam die kleine Straße entlang, die sich vor unserem Haus befindet. Immer im Schutz der Vorgärten, wenden wir uns nach links. Ich erkläre meinem kleinen Schüler den Umgang mit den Blechbüchsen, die allerdings hier nur selten entlangfahren. Aber ihre Geräusche und ihren Gestank hört und riecht man deutlich von oben her, wo unsere kleine Gasse in die Hauptstraße mündet.
„Die große Straße darfst du nicht überqueren“, warne ich ihn eindringlich. „Da kommen nur sehr erfahrene Katzen rüber, aber auch die liegen irgendwann plattgefahren am Straßenrand!“
„Echt?“, fragt er interessiert.

Auf einmal erstarrt er zur Salzsäule, und mit offenem Mäulchen kräht er:
„Uuiui - was ist denn das? - Da - da - ein Monster!"
Ich wende den Kopf und staune ebenfalls. Aus der Hintertür des Gasthauses, das nahe an der Kreuzung steht, spaziert ein Riesenschnitzel auf vier schwarzen Pfoten, balanciert vorsichtig über die Straße und legt sich auf der anderen Seite unter einem Busch nieder. Jetzt bekommt das Schnitzel ein Gesicht. Ein schwarz-weißes, nämlich das von Moritz.
„Was glotzt ihr so, statt zu helfen?!"
„Oh, helfen will ich gerne!"
„War ein gutes Stück Arbeit, sauschwer das Teil. Hab's vom Teller geangelt, als der Koch mal Pippi gehen musste."
Wir staunen immer noch, aber mir läuft schon das Wasser im Maul zusammen. Das Fleisch duftet gar zu gut. „Ich will dir den Neuen hier vorstellen, Nasenp… äh Pico genannt, ist ein Sprössling deiner Cousine Mauli."
„Ganz proper der Kleine, sieht seiner Mutter ähnlich, passt in unsere Sippe."
„Das können wir doch gleich bei einem gemeinsamen Schnitzelmahl feiern", werfe ich schnell ein.
„Äh … wieso? - nee - na ja, das Ding reicht für alle drei."
Und schon fressen wir um die Wette, weil jeder das größte Stück ergattern will, der Kleine verliert zwar deutlich an Boden, schlägt sich aber tapfer mit seinen Minizähnchen.
„Gut durchgebraten" --- schmatz
„Leckere Kruste"---- schmatz
„Aber innen saftig" ---- schmatz
„Ich kenne den Koch, der is spitze! Leute, jetzt muss ich ein Nickerchen machen zur Verdauung", verabschiedet sich Moritz.
Wir beide kugeln mit übervollen Bäuchen die Straße abwärts. Zu neuen Abenteuern.
„Bewegung tut jetzt gut", meint der Kleine altklug.

Da fliegt hinter uns die Hintertür des Gasthofes nochmals auf. Die Stimme eines wütenden Zweibeiners füllt die ganze Straße aus und scheucht uns beide sofort ins Gebüsch.
„Wenn ich das verdammte Katzenvieh, das mir schon wieder ein Schnitzel geklaut hat, erwische, dreh ich ihm den Hals um!!!"
„Was schreit der so?", flüstert Pico.
„Ich dachte, der Koch ist sein Freund."
„Hat er nicht gesagt. Daraus kannst du gleich was lernen: Wenn unsereins eine herrenlose Beute findet, gehört sie ihm. Bei Zweibeinern ist das nicht so."
„Aha!"
Von der lauten Stimme zur Eile angetrieben, erreichen wir das untere Ende der Straße. Dort steht ein kleines, hübsches Häuschen mit einem kleinen, hübschen Garten und einem kleinen, hübschen Gartenteich. An diesem sitzen drei große, kräftige Katzen: Das ist das Dreimädelhaus - die erste ist eine Schwarz-Weiße, die zweite eine Graugestromte und die dritte ist völlig schwarz. Sie sitzen dekorativ zwischen den Blüten, wie Statuen ihrer selbst, und lassen uns näherkommen.
Da zwitschert die Erste: „Ach, ist der süüüß." Und die Zweite flötet: „So einen hatte ich auch mal." Und die Dritte raunzt: „Der ist aber nicht von dir, so hübsch wie der aussieht."
Und Pico? Er hüpft vergnügt zu der Schwarz-Weißen und piepst: „Du siehst aus wie meine Mami! Bist du meine Mami?" Und schon ist er bei ihr am Teichrand und gibt ihr ein Nasenküsschen. Das hätte er nicht tun sollen! Die Dame zischt wie ein Dampfkessel und langt dem Kleinen mit der Pfote eine, dass dieser nach hinten fliegt und mir vor die Pfoten kugelt.
„Ahhh!!", heult er auf, „warum?"
„Du bist ohne zu fragen in ihr Hausrevier eingedrungen. Das dulden Kätzinnen überhaupt nicht. Du musst die Grenzen respektieren, sonst bekommst du mit unseren Weibchen gewaltigen Ärger", belehre ich ihn.
„So, aha!" ----- „Und woran erkenne ich das?"

„An den Urinmarkierungen, du Depp, merke dir den Geruch einer jeden Katzendame, rate ich dir!"
Er sitzt vor mir wie ein gehorsamer Schüler, und ich hoffe, dass er diese wichtige Lektion begriffen hat.
Da naht die nächste Katastrophe von hinten.
Eine wahre Lawine von Hund kommt angerollt. Es ist Nachbars „Bello", genauso gutmütig wie groß, seine geistigen Fähigkeiten können leider mit seiner Körpergröße nicht Schritt halten. Sein langes Fell wogt im Fahrtwind, seine Lefzen flattern, sodass der Speichel fliegt. Die Lawine ist unaufhaltsam und begräbt Klein-Pico völlig unter sich.
Dumpfe Schreie tönen von dort. Aber nicht lange, dann befördert eine riesige Pfote das plärrende Bündel nach oben und stubst es so mit der Nase an, dass es vor meine Füße rollt. Dort bleibt er in Schockstarre liegen. Bello senkt den Oberkörper zwischen den Vorderpfoten zu Boden, das Hinterteil in die Höhe und erzeugt mit seinem heftig auf den Boden schlagenden Schwanz ein Erdbeben. Er ist offensichtlich in äußerst vergnügter Spiellaune. Ehe er den nächsten Angriff auf Klein-Pico startet, gebiete ich ihm Einhalt.
„Lass das, du Döskopp! Der ist noch viel zu klein. Der hat Angst vor dir!"
Bello schaut mich mit seinen Triefaugen verständnislos an, und man kann sehen, wie meine Botschaft langsam in sein Gehirn tröpfelt.
„Hä?----öh----ooch!", meint er bedauernd.
Das schwarze Fellbündel erwacht auch wieder zum Leben.
„Hi----hi----Hilfe!", japst er und dann verzweifelt: „Bin ich schon tot?"
„Hab dich nicht so", beruhige ich ihn. „Der will nur spielen, der ist harmlos, nur etwas dämlich - aber jetzt hast du einiges aus der Nachbarschaft kennen gelernt."
„I----ich hab genug. Ich will nach Hause – zu meiner Mami!"
Na endlich! Der Rest des Tages gehört wieder mir. Ich überlege mir, wo ich mein Verdauungsschläfchen mache. Bevor wir

uns zum Gehen wenden können, schlappt Bello dem Pico nochmal eine freundschaftliche Ladung Speichel über das Fell. Nass und verklebt, aber still trottet er hinter mir her. Vor der Katzenklappe frage ich ihn:
„Na, Kleiner, was hast du heute gelernt?"
„Es ist alles anders, als es scheint", piepst er.
„Klar, merk's dir!"

Auf der Pappel

„Wer den Schaden hat, braucht für den Spott nicht zu sorgen." Es soll keiner sagen, ich hätte mir Fipsis Vermächtnis nicht zu Herzen genommen. Gewissenhaft komme ich meinen Pflichten als Katzenmentor nach, was meine Schlaf- und Ruhezeiten erheblich einschränkt. Heute hat sich der Kleine in den Kopf gesetzt, das Rattenrevier am Bach zu erkunden.
„Du kannst doch noch keine Ratten fangen. Du bist doch selber kaum größer als sie. Und ich sage dir, die Biester sind hochgefährlich, heimtückisch und nichts für kleine Jungen."
„Sooo?"
„Du sollst nicht immer alles in Frage stellen...", fauche ich ihn an und hoffe, dass ich jetzt in Ruhe mein Gesundheitsbad auf dem Strohballen fortsetzen kann.
„Aber ich muss es doch lernen", nörgelt der Kleine weiter. „Zeig mir, wie es geht!"

Ich L I E B E die Regentage, an denen er mit seiner Mami auf dem Aquariumdeckel kuschelt, aber heute scheint nun mal die Sonne.
„Frag deine Mutter, ob sie mitgeht."
Dies ist mein letzter Funke Hoffnung auf Ruhe.
„Mami sagt, du seist der beste Rattenfänger, den sie kennt, der Champion im Revier, der König der Rattenfänger!"
„Sooooo, sagt sie das?"
Ungewollt fühle ich mich geschmeichelt. Diesen Trick beherrscht das kleine Luder also auch schon.
„Zeig es mir doch!"
Na schön, meine Siesta ist sowieso gestört. War nicht so geplant, aber was soll's. Also ziehe ich mit dem Kleinen im Schlepptau los, über das Nachbargrundstück hinunter zum Bach. Der Bachlauf mit seinem dichten Gestrüpp ist für alle Artgenossen ein beliebtes Jagdrevier. Hier gibt es vielfältige Beute, und deshalb hat jeder hier freien Zutritt und keiner beansprucht es als sein eigenes Revier. Also setzten wir beide an einem Busch unseren Urin ab, um den anderen zu zeigen, dass wir gerade ungestört jagen wollen. Aber da liegt noch ein anderer frischer Geruch - nein Gestank - in der Luft, der mir wohlbekannt ist. Und tatsächlich: Aus dem Gebüsch am Ufer beobachtet uns ein graues, fieses Gesicht, ähnlich einer Ratte, hässlich und gemein, aber es gehört dennoch unserer Spezies an. Es ist der Graue - mein alter Feind und Rivale. Ausgerechnet der ist jetzt hier.
„Was haste denn da für ne Flohschleuder aufgegabelt?", spuckt er mit hämisch schnarrender Stimme durch seine Zahnlücke.
„Is der etwa von dir und der weißen Lady, hä? Sieht dir aber gar nicht ähnlich. Hat se dir zum Schluss noch ein Kuckucksei untergeschoben, wa?"
„Hau ab, du Stinktier!", fauche ich. An meine angebetete Weiße möchte ich auf diese Art und Weise nicht erinnert werden, außerdem gilt es ihre Ehre zu verteidigen. Gerade, als ich mich

auf ihn stürzen will, um ihm eine runterzuhauen, biegt der einfältige Bello überraschend um die Ecke. Er sieht Pico und…
„Oh mein süßer Kleiner!"
Und mit dem ganzen Körper wedelnd will er sich wieder auf ihn stürzen. Doch Pico, sich nur zu gut an die große nasse Zunge erinnernd, schreit auf:
„Nein, nein! Nicht schon wieder!", und flüchtet in wilder Panik davon.
Zugegeben, ich habe ihm erzählt: „Wenn eine gefährliche Töle dich angreift, dann flüchte auf den nächsten Baum, Tölen können nicht klettern." Mein braver Zögling nimmt diese Aussage Wort wörtlich und neigt mal wieder zum absoluten Größenwahn. Statt die niedrige, aber dicht belaubte Erle am Bach zu nehmen, erklimmt er eine Pappel, die schlank und hoch in den Himmel wächst. Nun hängt er in einer Astgabel auf halber Höhe, schaut ängstlich hinunter, und seine aufgerissenen Augen zeigen an, dass er sich übernommen hat.
„Ich hab Angst. Wie komme ich hier wieder runter?", miaut er kläglich.
„Im Rückwärtsgang, du Angsthase, nur dann greifen die Krallen."
Das ist alles, was ich ihm an Ratschlägen erteile. Soll er doch selber sehen, wie er da wieder runterkommt. Man soll es der Jugend auch nicht so leicht machen. Selbst macht die Katz! Gelassen setze ich mich auf einen Stein in der Nähe der Pappel und schaue hoch. Pico schaut hinunter. Ich gähne. –

Auf einmal kommt eine ältere Zweibeinerin um die Ecke, beladen mit zwei Einkaufstaschen. Pico sieht sie und miaut klagend. Sie bleibt stehen, stellt die Taschen ab und schaut hinauf.
„Ach du Schreck, ne Katze da oben!"
Noch eine Zweibeinerin gesellt sich dazu.
„Oh weh, der Arme."
„Miau?", fragt Pico nach unten.

„Wem gehört die Katze, weiß das jemand?"
Achselzucken.
„Miau, miau", meldet sich Pico.
Eine Mutter mit ihrem Kind bleibt stehen, und alle schauen hinauf.
„Schau mal Mama, da oben sitzt ne kleine Katze!"
„Ach wie süüüüüß!", ruft die Mutter entzückt,
„Der ist genauso klein wie du!"
„Miau, miau", trägt Pico zur Unterhaltung bei.
Ihm gefällt das Spiel und mir auch.
Ein vorbeikommender Zweibeiner erweitert jetzt den Zuschauerkreis.
„Der kann nicht mehr runter, der ist noch zu klein", meint die Mutter.
„Wenn er runterfällt, ist er dann tot?", fragt ihr Sprössling sachlich.
„Das ist ne Katze. Die kann klettern. Die wird schon nicht verrecken, oder ham se schon mal nen Katzenskelett im Baum gesehen?", knurrt der Zweibeiner mürrisch.
Die rüde Bemerkung solidarisiert die weiblichen Zuschauer.
„Die arme Katze, der muss man doch helfen, die ist ja noch so klein."
„Wir fragen mal die Nachbarn, wo er hingehört."
Bald vergrößert sich der Kreis der Zuschauer um zwei Familien. Alle starren nach oben und Klein-Pico auf seinem Hochsitz fühlt sich bewundert.
Endlich ist auch unsere Zweibeinerin alarmiert. Voller Sorge kommt sie angeflattert.
„Oh weh, das ist mein kleiner Pico! Was machst du denn da oben? Komm runter, Kleiner. Nur Mut, du schaffst es!"
„Komm runter, na komm schon", locken alle im Chor.
Mich langweilt das Ganze, und ich vertiefe mich in eine gründliche Maniküre meiner Vorderpfoten. Mein Schüler genießt derweil die große Aufmerksamkeit, was ihm sichtlich schmeichelt. Zur Belustigung seines zahlreichen Publikums

unternimmt er jetzt einen Versuch des Abstiegs, dummerweise kopfunter, sodass er am glatten Stamm abrutscht. Der nächste Ast fängt ihn auf. Er erwischt ihn mit den Vorderpfoten, und das Hinterteil strampelt in der Luft, bevor er sich mit einem gekonnten Klimmzug hochziehen kann. Sehr spektakulär!!

„Boahhh! Das war cool! Wenn er runter fällt, ist er dann tot?", fragt der kleine Zweibeiner immer noch begeistert.

Die anderen halten den Atem an und schauen besorgt nach oben.

„Wir müssen ihn retten!"

„Wir brauchen eine große Leiter!"

„Wir alarmieren die Feuerwehr!"

„Oder den Rettungshubschrauber!"

„Geil – wie bei James Bond!"

Der vorhin beschimpfte Zweibeiner hat schließlich die praktikable Idee, den Hubkran mit den Baumpflegern zu holen, die gerade oben im Dorf trockene Äste von den Bäumen schneiden, die hätten gerade Mittagspause. Pico schaut gespannt von oben herunter. Ich vertiefe mich weiter in meinen Fellputz, bis meine beschauliche Reinigungsarbeit unterbrochen wird durch ein wildes und lautes Getöse. Eine abartige Blechbüchse rollt langsam heran. Vorsichtshalber verlasse ich meinen Stein und ziehe mich in eine dichte Hecke zurück. Auch Pico kriegt große Augen und vergrößert den Abstand zum Boden, bis er einen dicken Ast gefunden hat, hinter dem er sich verbirgt. Sicher ist sicher. Die Zuschauer teilen sich, und durch diese Gasse rollt das Ungetüm direkt unter die Pappel. Zwei Zweibeiner, der eine eher groß und kräftig, der andere sehr schmächtig, steigen aus und peilen in Ruhe und sachlich die Lage. Nach einem langen kritischen Blick nach oben meint der Kräftige fachmännisch:

„Kein Problem, junge Frau. Kostet Sie nur zwei Kästen Bier. Einen für mich und einen für den Kumpel im Korb. Is ja ne Gefälligkeit nach Feierabend. Die Höhe? Kein Problem für

unseren Teleskoparm. Der schafft locker 20 Meter. Sehen Sie hier die Fernbedienung? Ich kann den Arm nach rechts und links drehen, und den Korb nach vorne und hinten kippen – sehen Sie? … So geht das."
Alle Zuschauer verfolgen die Demonstration mit Begeisterung. Nur der Schmächtige im Korb wird hin und her geschleudert und protestiert.
„Tolles Gerät, junge Frau", erklärt der Kräftige weiter meiner Zweibeinerin, die noch etwas skeptisch wirkt.
„Tolles Gerät, sag ich Ihnen. Das kriegen wir hin. – So, nun packen wir's an. – Wo ist denn das Kätzchen?"
Pico wird es mulmig, als der Korb langsam näherkommt. Er klettert weiter nach oben. Der Teleskoparm wird Meter für Meter ausgefahren, bis seine volle Kapazität erreicht ist. Die Pappel ist, wie gesagt, sehr hoch. Pico sitzt zufrieden und sicher auf einem dünnen Ast in der Krone des Baumes und ist von unten kaum noch zu sehen.
„Scheiß Katze!", flucht der Maschinenführer.
Alle Zuschauer starren angestrengt nach oben.
Da kommt Mutter Mauli des Weges.
„Was ist denn hier los?"
„Dein Sprössling da oben, der stellt sich vielleicht blöd an", versuche ich sie zu ärgern.
Wütend raunzt sie in voller Lautstärke nach oben.
„Komm sofort runter, du Clown! Fahr die Krallen aus und im Rückwärtsgang marsch!!! Es ist gleich Futterzeit!"
Das Wort „Futter" muss er verstanden haben, und das tut sofort seine Wirkung. Erst vorsichtig, dann immer schneller lässt Pico sich in einer solchen Geschwindigkeit den Stamm hinuntergleiten, dass der Meister der Fernbedienung nicht mehr mitkommt. Der Schmächtige im Korb wird weiterhin ganz schön durchgeschleudert. Beide fluchen – die Zuschauer stöhnen entsetzt – nur der Zweibeinerjunge kräht entzückt:
„Geil, echt!"

Nun wäre ja alles gut ausgegangen – ja wenn nicht dieses alte Astloch in dem Stamm gewesen wäre. Und wo ein Loch ist, steckt eine junge Katze sofort ihre Nase rein: Drinnen brummt es. Schon angelt Pico mit der Vorderpfote nach. Das sehen die darin lebenden Wespen als Kriegserklärung an. Wütend erscheinen die ersten Kundschafter, und schließlich erscheint der ganze Schwarm. Aber da sind wir beide schon längst auf und davon. Der Schwarm stürzt sich stattdessen wütend auf den Haufen Zweibeiner. Jedenfalls hören wir sie aus der Ferne schreien und fluchen, als wir schon längst die heimatliche Küche erreicht haben.

„Und Kleiner, was lernen wir daraus?"
„Zweibeiner lassen sich prima verarschen, Wespen aber nicht."
„Stimmt genau!"

Ein bunter Vogel

„Wer zuletzt lacht, lacht am besten."
Seit unserem letzten Abenteuer habe ich vor meinem Lehrling etwas Ruhe. Er braucht seelische Aufrüstung, um seine aufregenden Erlebnisse zu verarbeiten, das tut er, indem er im Bauchfell seiner Mami auf dem Aquariumdeckel ruht und sich wieder von ihr bemuttern lässt: Weichei! Muttersöhnchen!

Einen solchen Frühlingstag wie heute muss man als Katze einfach nur genießen. Die Sonne scheint schon warm, aber für mich nicht warm genug, deshalb schlüpfe ich unter die Plastikplane, die den Heuballen vor Regen schützt und begebe mich so in die Katzensauna. Im losen Heu liegend, begrüße ich die ansteigende Temperatur. Das ist Katzenwellness! Ich lausche dem Mahlen der Pferdemäuler, die ihr Heu fressen und die gleichmäßigen Kauschläge wirken beruhigend und entspannend. Ich beginne zu dösen und zu träumen, was für jede Katze mehrere Stunden am Tag lebensnotwendig ist. Ich träume von einer großen Schar von Mäusen, die um mich herum trippeln und sich hier und da zu verstecken suchen. Zunächst genieße ich das Gefühl der Allmacht und die Vorfreude auf eine leckere Mahlzeit. Doch als ich nach der ersten haschen will, löst sie sich in Luft auf und verschwindet, so auch die nächste. Träume sind eben nur Hoffnung und Illusion. Doch das Gezeter, das ich jetzt höre, ist Realität. Sofort bin ich nach Katzenart hellwach und unter der Plane hervor.

Und was sehe ich da?

Eine große Amsel rudert kreischend und flügelschlagend über die Pflastersteine des Hofes. Aber sie kommt nicht so recht vorwärts, denn als Bremsklotz hängt Pico an ihren Schwanzfedern, die Zähne grimmig geschlossen und sich mit allen vier Pfoten der Flucht der Amsel entgegenstemmend. Der Kleine hat jetzt schon ein ganz schönes Gewicht, deshalb reißen zwei Federn aus und Pico fällt hintenüber. Während die Amsel schimpfend über den Verlust ihrer Ehre und ihrer Schwanzfedern davonfliegt, knurrt mein Lehrling die kümmerliche Trophäe ausspuckend etwas enttäuscht:

„Beinahe hätte ich sie gehabt - echt - beinahe!"

„Bescheiden bist du ja gar nicht. Dieser Vogel war viel zu groß für dich. Und nimm dich vor großen Vögeln in Acht, mein Kleiner", warne ich ihn.

„Echt?", hinterfragt er mal wieder und:

„Mir ist Mäusefangen schon viel zu langweilig", klagt er. „Ich will was Neues lernen!"
„Gut – ich zeige dir den größten und buntesten Vogel, den ich kenne. Er wohnt in der Nachbarschaft in einem Käfig und heißt ‚Papagei'. Dann kannst du sehen, was der für einen gefährlichen Schnabel hat."
„Au ja, supi!", quietscht Pico vor Freude und springt in die Luft. Also verabschiede ich mich von meinem Saunasonnenbad und schwöre mir, nie wieder – N I E wieder irgendwelche Pflichten zu übernehmen, deren Folgen ich nicht voraussehen kann.
Auf dem Weg zum neuen Abenteuer müssen wir das Gehege meines großen schwarzen Freundes durchqueren. Der Schwarze steht in der Frühlingssonne mit gesenktem Kopf und döst. Dann müssen wir an einem Balken hochklettern, um auf die Mauer zu kommen, die den Paddock vom Nachbargrundstück trennt. Der Kleine schafft es – Respekt! –, macht dabei aber laute Kratzgeräusche.
„Himmeldonnerwetter!", fährt der Schwarze hoch.
„Ihr kleinen Ungeheuer wisst doch, dass man sich nicht so anschleichen darf. Unsereins hat sehr schwache Nerven und flüchten kann ich hier auch nicht weit, was meiner Natur entspräche."
„Entschuldigung", versuche ich zu beschwichtigen, „aber der Kleine…"
„Schon gut, schon gut. Also das ist der Neue und soooo klein. Der soll mal aufpassen, dass er nicht aus Versehen unter unsere Hufe gerät, denn wir Pferde sehen sehr schlecht, was direkt vor uns liegt. Das wäre schade um ihn. Im Übrigen, was ich dir noch erzählen wollte: Aus dem Gartenhäuschen auf dem leeren Grundstück höre ich des Nachts manchmal so merkwürdige Geräusche, die dort nicht hingehören. Unsereins hat ja einen leichten Schlaf und ein gutes Gehör. Schau doch mal nach, was da los ist. Ich kann ja hier leider nicht weg."

„Das werden die Ratten vom Bach sein. Die leben im Winter immer da drin, und ich habe schon so manche dort gefangen", denke ich und springe mit dem Kleinen über die Mauer. Unser Weg führt durch einen hübschen Garten bis zur Terrasse eines kleinen Hauses. Dieses Gebiet gehört noch zu meinem Revier, das ich allerdings mit einer sehr kampfeswütigen Artgenossin teile, die dieses Häuschen beherrscht. Sie hat allerdings weniger mit mir als mit Mutter Mauli Ärger. Wenn die beiden sich treffen, gibt es ordentlich Zoff. Wir beide dagegen ignorieren uns gegenseitig, solange es geht.
Unter einem duftenden Blütenbusch sitzend, schauen wir durch die Terrassentür. Weder die Hausfrau noch die grätzige Artgenossin scheinen da zu sein. Auf dem Sofa liegt nämlich, so lang wie er ist, ihr alter Hund und schläft und schnarcht. Mitten im Zimmer steht auf einem hohen Tischchen ein großer Käfig, und darin sitzt auf seiner Stange ein großer bunter Papagei und döst. Ein friedliches Bild – wären da nicht seine scharfen Krallen und der überaus kräftige Schnabel.
„Den will ich haben!", tönt Pico, mit großen Kinderaugen den riesigen Vogel anstaunend.
Er hat einen Hang zum Größenwahn. Das hat er von seiner Mutter.
„Und wenn es nur ein paar bunte Federn sind!", ruft er voller Vorfreude.
Dann verschwindet er auch schon durch die Katzenklappe.
Ich bleibe vor der Terrassentür und genieße das nun folgende Schauspiel sozusagen aus der ersten Reihe. Pico schleicht zunächst durchs Zimmer und markiert nach Katzenart alle herausragenden Gegenstände, was heißen soll: „I was here." Der schräge Vogel hat ihn bald entdeckt, ahmt das Geräusch einer Türklingel nach und krächzt:
„Wer da? Wer da?"
Dabei hüpft er aufgeregt auf seiner Stange hin und her, denn diesen kleinen Schwarz-Weißen kennt er noch nicht. Pico umschleicht vorsichtig den alten Hund, der schon schwerhörig ist

und ruhig weiterpennt. Dann springt er auf das Tischchen und angelt mit den Pfoten in den Käfig.
„Ein----brecher, Ein----brecher!“, schimpft der empörte Papagei und zwickt den lästigen Kater in die Pfote.
Das wiederum ärgert Pico und der ballert mit beiden Pfoten gegen das Käfiggitter und zischt und faucht wie ein wilder Drache. Mit seinen Krallen hakt er nach dem Vogel. Der rudert mit den großen Flügeln, dass die bunten Federn fliegen. Dazu schreit er lauthals:
„Mööööörder, Mööööörder!“
Von dem Lärm wacht sogar die Töle auf.
„Was? Wer? Wo?“, kläfft sie.
In diesem Moment ertönt ein wilder Schrei. Die kampferprobte Artgenossin erscheint auf der Bildfläche und wirft sich ins Getümmel.
„Du Bastard meiner räudigen Nachbarin, was machst du hier?“
Ab jetzt geht alles sehr schnell.
Bevor er die Flucht ergreift, dreht Pico den Hintern zum Käfig und spritzt einen kräftigen Strahl Urin auf den hysterisch schreienden Papagei. Gleichzeitig springt die Töle, die endlich die Situation begriffen hat, mit einem Satz in Richtung Pico, aber zu kurz und deshalb gegen den Tisch. Der kippt um mit Käfig und Papagei, die Einstreu spritzt heraus, Federn wallen in der Luft. Pico rettet sich mit einem kühnen Sprung auf die Hängelampe, findet auf dem Schirm einen Halt, schaukelt einmal hin und her, dann landet die Grätzige neben ihm. Zwei Katzen sind für die Lampe zu viel. Sie stürzt ab und zerschellt scheppernd auf dem Boden.
Durch den Garten kommt jetzt die zweibeinige Hausfrau schreiend angerannt:
„Ihr verdammten Mistviecher, was habt ihr jetzt schon wieder angestellt? Ich bringe euch um!“

Sie ist sonst eigentlich sehr tierlieb, aber dieses Chaos ist selbst ihr zu viel. Mein Zögling kommt wie der Blitz durch die Katzenklappe geschossen - mit einer großen bunten Feder im Maul. Unsere wilde Flucht erschreckt nochmals den großen Schwarzen in seinem Paddock. Vor unserer Haustür holen wir erstmal tief Luft.
„Na", frage ich den Kleinen, „was lernen wir daraus?"
Das Mäulchen fest um seine Trophäe geschlossen, knurrt er durch die Zähne:
„Auch ein bunter Vogel muss mal Federn lassen."
„Stimmt genau."

Am Fröscheteich

„Aus Schaden wird man klug", sollte man meinen. Wenn das auf unseren kleinen Nasenpopel zutrifft, wird er sich zu einer wahren „Intelligenzbestie" entwickeln.
Der Sommer hat seinen Höhepunkt erreicht, und die Wiesen werden geschnitten. Dies ist meine Lieblingsjahreszeit, denn es duftet nach Heu. Die Nächte sind kurz und lau und laden dazu ein, sie draußen zu verbringen.
So schlendere ich entspannt durch den Vorgarten und schnüffele mal hier mal da, schreibe eine Botschaft per Urinstrahl an den Gartenpfosten, habe aber sonst nichts Besonderes vor und genieße den Müßiggang.

Da sehe ich meinen Freund Eddi mit seinem Zeitungswägelchen die Straße herunterkommen. Er ist heute aber sehr früh dran, alle anderen Zweibeiner liegen noch im tiefsten Schlaf.
„Hast au nit schlafe könne, gell?“, spricht er mich an und lässt sich neben mir auf der Gartenmauer nieder.
Er hat mal wieder Zeit für mich, und gemeinsam schauen wir den Mond an, der sich heute in seiner ganzen Fülle zeigt.
„Die neue Bleibe gefällt mir gar nicht“, fängt er melancholisch an zu klagen.
„Koin Garte, net ämal en Balkon. Un des Gartehäusche, des fehlt mir sehr.“
Beide schwelgen wir in nostalgischen Erinnerungen an viele gemeinsame Mahlzeiten im Gartenhäuschen und viele Sonnenbäder auf Eddis Bauch.
„Jetzt treibt sich des Gesindel hier rum. Is jo koiner mehr im Haus, wo uffpasst. Sie pisse sogar im Garte. So e Schand is des, so e Schand!“, jammert er noch im Weitergehen.
Das muss ich jetzt gleich mal nachkontrollieren und begleite Eddi bis zum Nachbargrundstück. Er wirft noch mal einen Blick durch das Fenster in sein altes, jetzt leeres Haus und trägt weiter seine Zeitungen aus.
Ich umschleiche schnüffelnd das Gartenhäuschen. Sollte der große Schwarze recht haben, und mietet sich hier doch ein Fremder ein? Tatsächlich, hinter der Hütte hat er eine Nachricht hingepinkelt, und es kostet mich viel Urin meinerseits, um sie komplett zu löschen.
Ich habe meine wichtige Arbeit gerade erledigt, da werde ich gestört. Ich rieche ihn, bevor ich ihn sehe, nämlich Maulis Sprössling auf der Suche nach Abenteuern. Er ist in letzter Zeit ganz schön gewachsen, weil er auch wie ein Krokodil alles verschlingt, was er kriegen kann, sogar Mutters Portion, die ihm lieber eine runterhauen sollte, als ihn so zu verwöhnen.
„Ach, hier bist du! Ich will zum Fröscheteich. Ich kann die Frösche hören. Ich will wieder einen fangen!“

„Das ist zu gefährlich“, knurre ich. „Der Weg ist weit, und dazwischen liegt die große Straße, auf der die Riesenblechbüchsen fahren“, versuche ich auszuweichen, weiß aber schon, dass er sich nicht abwiegeln lassen wird.
„Ich bin schon groß und stark“ - eben, soviel wie du frisst -, „das schaffe ich schon. Der Fröscheteich war immer Onkel Fipsis Jagdrevier. Und was Onkel Fipsi sagt ...“
„Ja, schon gut, schon gut. Du brauchst mich nicht an meine Pflichten zu erinnern!“
Und damit verabschiede ich mich von meiner privaten Freizeitgestaltung.
„Bleib aber immer hinter mir, und mach diesmal genau, was ich dir sage. Sonst ist dies hier dein letzter Ausflug“, warne ich eindringlich, wohl wissend, dass unsere Jugend sehr erziehungsresistent ist.
Den Weg an meinem großen schwarzen Freund vorbei, der noch schlafend in seiner Box liegt, entlang der Reithalle und durch den Apfelgarten absolvieren wir reibungslos. Der Kleine bleibt wirklich brav hinter mir. Wir erreichen die Straße, die uns von unserem Jagdparadies, den Mäuserevieren und dem Fröscheteich trennt. So früh am Morgen ist es noch sehr still. Das nutze ich, um meinem Schüler eine der wichtigsten Lektionen zu erteilen.
„Ducke dich, so tief wie du kannst, hinter einen Stein oder ein Grasbüschel und warte ... Es muss ganz still sein ... Ist noch eine Blechbüchse in Sicht, schaue nicht auf ... und auf gar keinen Fall sehe in die gleißend hellen Augen dieser Dinger, denn dann bist du für eine Weile blind ... Warte ab, auch wenn sie noch weit weg erscheint, denn diese Dinger sind schnell und verändern kaum ihre Fahrt beim Näherkommen, daher können wir sie schlecht einschätzen. Also warte, warte, sonst bist du bald eine Leiche ... und ich hab davon schon viele am Straßenrand liegen sehen.“

Ein wenig zitternd vor Angst oder Aufregung liegt er neben mir im Gras und lernt die höchste Tugend einer Katze: Abwarten.
Als die Luft wirklich rein ist, laufen wir beide zügig über die Straße. Auf den frischgemähten Wiesen tut sich ein Paradies auf: ein Mäuseloch neben dem anderen. Natürlich hüpft der leichtsinnige Picopinsel vor mir her, statt hinter mir zu bleiben.
„Jippie - ist das supi - ist das schön!", quietscht er in voller Lautstärke los, springt in die Luft und schlägt Purzelbäume.
Fipsi, was hast du mir angetan! Diesen Clown zu erziehen, ist Schwerstarbeit.
Und tatsächlich: Da droht schon Gefahr! Ich knurre und fauche: „Hinter mich, marsch, und duck dich tief ins Gras und halt endlich deine verdammte Klappe!"
Vor mir - wie aus dem Nichts - taucht meine alte Bekannte, die Füchsin, auf, und in ihrem Schlepptau ihre halbwüchsige Brut.
Das ist gefährlich, sehr gefährlich! Mir muss etwas einfallen.
Betont ruhig und gelassen setze ich mich hin. Ich stelle meine Haare alle auf, um meine Silhouette zu vergrößern, das könnte ihr Respekt einflößen, und warte ab. Nur die Ruhe bewahren.
Sie schnüffelt in meine Richtung und mustert mich mit kalten Augen. Wir beide kennen uns und gehen uns normalerweise aus dem Weg. Sich mit mir in einen Kampf einzulassen, wird sie nicht riskieren, aber der Kleine wäre eine lohnende Beute für sie.
Hat sie ihn bemerkt?
Für einen Augenblick steht die Zeit still. Ich spüre die Angst des Kleinen in meinem Rücken. Dann plötzlich dreht die Füchsin ab und verschwindet in der Dunkelheit. Mäuse sind eine leichtere Beute. Diese Lektion hat gesessen!
Jung-Pico bleibt vorsichtig und kleinlaut hinter mir.
Bevor wir aber das dichte Weidengebüsch erreichen, das den Fröscheteich umrundet, begegnen wir noch einer anderen abenteuerlichen Gestalt.

Wir hören ein Grunzen, Knurren, Schmatzen direkt vor uns. Pico fällt von seinen Pfoten geradezu platt auf den Boden und zittert am ganzen Körper.
„Kannst wieder aufstehen, du Wackelpudding!“, gebe ich Entwarnung.
„Der ist harmlos, wenn man ihn nicht ärgert. Das ist ein Dachs, die haben allerdings immer schlechte Laune.“
Der Bursche sitzt in einer Senke vor uns und hat ein Wespennest ausgegraben. Die Wespen summen verzweifelt, sind in der Morgenkühle steif und wie gelähmt. Das nutzt der Dachs. Er hat die Waben geöffnet und frisst sich laut schmatzend an den Larven satt. Pico kriegt Hunger!
„Wann sind wir endlich bei den Fröschen?“, drängelt er.
„Wir sind gleich da!“
Je näher wir dem Teich kommen, umso lauter hören wir es quaken und hier und da hüpft schon einer im Gras.
„Halte dich nicht mit denen auf“, rate ich dem übereifrigen Pico, der gerade hinter einem Frosch herspringen will.
„Am Teich gibt es noch viele mehr, und dort haben wir eine gute Deckung durch das dichte Weidengebüsch.“
Vergnügt springt der Kleine vor mir her und gerät zunehmend in Jagdeifer. Ich bleibe am Teichrand sitzen und warne:
„Sei vorsichtig, das Ufer ist sumpfig, der Untergrund ist trügerisch und gibt nach. Fall nicht ins Wasser!“
Er hat aber gerade ein lohnendes Opfer entdeckt. Einen großen, grünen Frosch, der selig auf einer Insel von Schwimmpflanzen sitzt.
„Den will ich haben!“, johlt Pico, und ehe ich ihn nochmals warnen kann, ist er schon mit einem Riesensatz in der Luft, landet auf dem Frosch – und geht mit ihm unter.
Na, sagte ich es doch!
Er taucht prustend wieder auf, garniert mit Entengrütze und halbverfaultem Laub.

Wir Katzen können zwar schwimmen, tun es aber nicht gerne. Wasser ist uns ganz einfach zuwider. Drum lasse ich ihn eine Weile herumrudern und bleibe am Ufer unbeteiligt sitzen.
„Hilfe, Hilfe! Nun helf' mir doch!"
Er planscht heftig mit allen vier Pfoten, geht immer wieder unter und stellt sich ganz schön blöd an.
Na schön - ehe er mir ganz absäuft, rufe ich ihm über die Schulter zu, ohne mich umzudrehen: „Hinter dir - links!"
Er hat den dicken Ast einer alten Weide, die sich bis zur Wasseroberfläche neigt, erspäht. Daran hangelt er sich hoch und erreicht das sichere Ufer.
„Halte Abstand, du stinkst!", begrüße ich ihn.
Er riecht penetrant nach Abfall und Moder und ist über und über mit fauligem Schlamm und Entengrütze bedeckt.
„Ich will nach Hause", jammert er und will mich überholen.
„Nix da, du bleibst schön hinter mir, da kannst du vor dich hinstinken. Und an der Straße wird gewartet, verstanden?"
Dort angekommen, müssen wir eine Riesenblechbüchse vorbeilassen. Ihr Donner lässt die Erde erzittern, und ein kalter Luftzug hebt uns fast von den Pfoten.
„Mir ist ja soo kalt, ich friere, ich friere", zittert Pico.
Als wir im Apfelgarten sind, erhöhe ich das Tempo, und in großen Sprüngen eilen wir an der Reithallenwand entlang. Hinter mir folgt platsch, platsch die zitternde Dreckschleuder.
Als wir über die Mauer in das Reich des großen Schwarzen springen, fährt der aus dem Tiefschlaf senkrecht in die Höhe.
„Sagt mal, spinnt ihr! Einen solchen Lärm zu machen, am frühen Morgen? Und was stinkt hier so?"
Mit ein paar großen Sprüngen geht es über den Hof. Mit einem riesigen Satz hechtet Pico durchs Badezimmerfenster, dann plitsch! über die Fliesen und platsch, plumm! mitten ins Bett zwischen Chef und Chefin.
Ich starte Böses ahnend gleich durch über die Wendeltreppe nach oben.
Stille - Geschrei - Tumult.

Das ganze Haus bebt, und Pico schreit wie am Spieß.
Vielleicht wird er jetzt geteert, gefedert und in Stücke gerissen … Dann rauscht Wasser … Alle historischen Foltermethoden reichen wohl nicht: Jetzt kommt auch noch waterboarding!
Lebt er noch? ---- Elendes Gewimmer … dann Pause.
Schließlich wird ein zusammengerolltes Handtuch die Treppe hochgetragen und auf den Heizkörper gelegt.
Stille.
Langsam erscheinen zwei schwarze Öhrchen, dann ein schwarzer Kopf mit Augen so groß wie zwei hellgrüne Untertassen aus dem Handtuch.

„Die modernen Trimmdichgeräte sind sehr ermüdend."

„Wa, wa, was war das?", stottert er aus dem Handtuch.
„Die … die wollten mich umbringen, ertränken und vergiften! Wasser von oben, von unten, von allen Seiten … und dann

noch so ein schaumiges Zeug! Das brennt in den Augen! Ich sterbe ..."
Da erscheint Mutter Mauli gemessenen Schrittes auf der Treppe.
„Was schreist du so, mein Sohn? Mmh, du duftest aber gut!", und mit einem Satz liegt sie neben ihm auf der Heizung, genießt den Duft und die Wärme.
„Und was lernen wir daraus?", beeile ich mich zu fragen, ehe beide entschlummern.
„Mann soll nicht ungewaschen in fremde Betten springen", kommt die Antwort verschlafen.
„Ja, so ist es."

Eine schwüle Nacht

Dies ist eine Nacht, wie wir Katzen sie mögen: Warm, still und der volle Mond hängt am Himmel, kein Lüftchen rührt sich. Ich schlendere ohne ein bestimmtes Ziel über den Hof.

Ich könnte in den Efeu fahren und die schlafenden Spatzen aufschrecken, dann wäre es nicht mehr so still. Ich könnte die in ihren Hütten schlafenden Pferde aufschrecken, aber das ist mir zu anstrengend. Ich könnte auf den Haferboden steigen und Mäuse fangen, aber ich habe gerade keinen Hunger. Ich könnte die Igelin ärgern, die gerade mit ihrem Nachwuchs durch die Stallgasse trippelt, aber das wird für mich schmerz-

haft ausgehen. Also werde ich mir einen ruhigen Platz suchen zum Träumen, etwas anderes kann man in dieser schwülen Nacht auch nicht tun.
Inzwischen habe ich das Mäuerchen erreicht, das den Misthaufen vom Auslauf des großen Schwarzen trennt. Dieser steht mitten in seinem Gehege und lässt den Kopf hängen.
„Kannst du auch nicht schlafen?", spreche ich ihn vorsichtig an.
„Ich träume", seufzt er. „Ich habe wunderschöne Frauen gesehen, sag ich dir. Eine blonde mit honigfarbenem Fell und einem wunderschönen blonden Schweif am runden Hintern. Ein Prachtweib, sag ich dir. Sie hat mir zugezwinkert und verliebte Blicke geworfen. Ich wollte zu ihr hin und mich höflich vorstellen, aber meine Chefin war anderer Meinung. Wir Pferde sind ja seit Fohlenbeinen dazu erzogen, das zu machen, was der Chef will, aber einmal möchte ich doch das machen, was I C H will!"

Eben – bei uns ist das immer so!

„Es ist ja ganz schön, dauernd woanders hingefahren zu werden. Meine Chefin nennt diese Veranstaltungen ‚Turnier'. Dort sehe ich ja viel Neues und lerne immer eine ganze Menge dazu, das ist gut für mein Image und festigt meine Stellung in der Herde. Außerdem treffe ich viele Artgenossen und schöne Frauen, tolle Frauen, aber diese Eine hat es mir angetan. Also tue ich schnell, was die Chefin will. Springe in diesem Sandkasten umeinander, über alle Hindernisse, die mir im Wege liegen, werfe die Beine so hoch ich kann, renne, was die Lunge hergibt, und als ich zurückkomme, was ist da? Meine Angebetete ist weg – einfach weg – und jetzt kann ich nur noch von ihr träumen!"
Das kenne ich.
Ich verlasse den traurigen Hengst, setze mich auf das Dach seiner Hütte und schaue in den vollen Mond. So silbern-weiß

glänzte auch ihr Fell, das Fell meiner schönen weißen Freundin. – Wo ist sie jetzt? In ihren blauen Augen spiegelten sich die Sterne wie goldene Funken … Funken …??
Diese Funken, die ich gerade sehe, sind nicht golden, sondern rot und prasseln in den Himmel, dort hinter den hohen Pappeln. Das ist kein Traum – das ist Realität!
Auf einmal kracht es und knallt, als ob etwas explodiert, und schwarzer Rauch steigt auf. Die Pferde werden unruhig, und der große Schwarze fragt ängstlich nach oben:
„Kannst du was sehen? Ich muss meine Herde beschützen."
„Beruhige dich, es ist weit genug weg."
In diesem Moment kracht es wieder, und wie aus dem Nichts steht Moritz plötzlich neben mir.
„Lasst uns auf das Dach der Reithalle klettern. Von dort haben wir den besten Überblick!"
Das ist schnell getan, weil wir von einem Dach aufs andere springen können – wobei Moritz etwas mehr Mühe hat mit seinem fülligen Körper als ich. Gerade oben angekommen, heult die Sirene los, und alle Tölen des Dorfes heulen mit. Als wieder Stille eingekehrt ist, meint Felix:
„Das Feuer ist weit genug weg, hinter den Pappeln und noch hinter dem Fröscheteich. Dort ist eine Wiese, auf der viele Wohnwagen stehen."
„Was knallt da so?"
„Das ist, wenn die Wohnwagen Feuer fangen, dann explodieren sie", erklärt Felix fachmännisch. Er ist Experte für Blechbüchsen. Damit kennt er sich aus.
In diesem Moment ertönt ein lautes Tatütata von der Straße her.
„Nur vier Minuten! Die Jungs sind schnell!", lobt Moritz.
„Und nen neuen Spritzenwagen haben sie auch!"
Unter uns bemühen sich unsere Zweibeiner, die aufgeregten Pferde zu beruhigen, und auch unsere Nachbarn wurden alle aus dem Schlaf gerissen.

„Dort bei den Wohnwagen lebt meine jüngste Schwester“, meint Moritz und große Besorgnis schwingt in seiner Stimme. „Sie zieht da ihre Jungen auf, und einige ihrer Sprösslinge leben im Schutze der Wohnwagen. Es sind viele Mäuse da.“
Wir schauen gemeinsam in das Funkenmeer, aber das Knallen hat aufgehört.
„Hoffentlich ist ihr nichts passiert“, seufzt Moritz.
„Hab ihr immer gesagt, sie solle zu mir ziehen. Bei uns ist noch Platz, und das Futter ist auch gut.“ Das kann ich bestätigen.
„Aber sie will draußen leben, hat sie gesagt, in Freiheit und Unabhängigkeit und Selbstverwirklichung und so ein Kram. Aber du kennst ja unsere Weiber. Die sind eigensinnig.“
Oh ja!
„Aber so kann das nicht weitergehen! Wir müssen morgen Nacht da hingehen und sehen, ob wir etwas herausfinden.“
Also verabreden wir uns, und als das Feuer gelöscht ist, gehen wir wieder unserer Wege. Aber ob ich morgen schon dort hingehe, das weiß ich heute noch nicht.

Eine schaurige Nacht

„Wer sich in Gefahr begibt, der kommt darin um.“ Dies war ein weiser Leitsatz unserer überaus vorsichtigen Mutter, den sie uns mit auf den Lebensweg gegeben hat. Wenn da nicht immer die bohrende, unstillbare Neugierde wäre, die uns Katzen oft ins Unglück treibt…

Ich liege gerade gemütlich in der Dachluke und nehme ein würziges Heubad, um die Schrecken der letzten Nacht zu verarbeiten. Meine Seele braucht heute Ruhe, deshalb meditiere ich so vor mich hin. Es ist unerträglich schwül, und es ist bald ein Gewitter zu erwarten. Da grollt schon der erste Donner, nein, es ist die Stimme von Moritz, die mich von unten vom Hof urplötzlich anraunzt.
Die Ruhe ist sowieso dahin, also turne ich die Leiter hinunter und geselle mich zu ihm.
„Was geiferst du mich so an? Willst du eine Prügelei mit mir anfangen?"
„Nein, schon gut, ein andermal. Ich mache mir große Sorgen. Ich will wissen, was mit meiner Schwester los ist. Immerhin hat sie jetzt Junge da draußen bei den Campingwagen."
„Du willst doch nicht etwa jetzt schon dort hin? Das Feuer ist doch gerade erst gelöscht."
„Eben, deshalb sind die Spuren noch frisch, und wir können erfahren, ob es ein Zufall war oder ob wieder jemand nachgeholfen hat."
So ernst und besorgt habe ich Moritz noch nie erlebt. Dennoch möchte ich mich gerne drücken und versuche es noch mal:
„Wieso soll ausgerechnet ich mitgehen? Frag doch ... Maulis Schwester, die wohnt doch bei dir."
„Jetzt mach schon. Du bist jung, stark und schlau, außerdem kannst du viel besser Spuren riechen als ich mit meinem Dauerschnupfen. Also, kommst du mit? Wir treffen uns heute Nacht hinter der Reithalle im Apfelgarten. Abgemacht!"
Der alte Schmeichler weiß immer, wie er mich rumkriegen kann.
Um die Zeit zu vertreiben und mein mulmiges Gefühl loszuwerden, statte ich dem großen Schwarzen einen Besuch ab. Er liegt in seiner Box und macht sein Nachmittagsnickerchen. Ich sitze auf dem Dach seiner Hütte und schaue nach Mäusen aus. Das wäre jetzt etwas zur Beruhigung meiner Nerven.

Tatsächlich, da raschelt es hinter seinem dicken Hinterteil, und reflexartig springe ich ins Stroh. Wie ein Vulkan geht der Schwarze in die Höhe.
„Sag mal, bist du total bescheuert? Soll ich einen Herzinfarkt kriegen? - Fang deine Maus woanders, aber nicht in meinem Bett!! - Meine Nerven liegen heute sowieso blank!"
„Tut mir leid, Schwarzer. Hab nicht nachgedacht", versuche ich ihn zu beschwichtigen.
„Hattest du einen Albtraum?"
„Die ganze Nacht und dieser ganze Tag waren bislang ein einziger Albtraum, und jetzt kommst du und trampelst mir ebenfalls auf meinen schwachen Nerven herum. Lass dir erzählen, was ich heute gesehen habe: Ich war am Ort des Grauens! Meiner Chefin fiel es gerade heute ein, einen Spazierritt dorthin zu machen, wo es gestern gebrannt hat. Sie war neugierig, ich nicht!
Zweibeiner haben ja gar kein Gefühl für Gefahren oder gar für das Übersinnliche oder Feinstoffliche. Sie kriegen davon rein gar nichts mit.
Als ich mich nähere, habe ich gleich gemerkt, dort spukt es. Der Ort ist kohlschwarz - es stinkt auch nach verbranntem Fleisch. Ich konnte es riechen. Ich habe meinen Kopf hochgeworfen und warnend die Nüstern gebläht. Ich bin herumgetänzelt auf zitternden Beinen. Meine Chefin hat das nicht beeindruckt. Ich sollte weiter gehen! Ich nicht! Auf keinen Fall! Hab auf dem linken Hinterfuß kehrt gemacht und bin wieder nach Hause gelaufen. Meine Chefin hat geschimpft - mich einen F E I G L I N G genannt - diese Beleidigung hat mich tief getroffen. Ich bin kein Feigling, aber ich lasse mich nicht mit Geistern ein. Ich bin doch nicht lebensmüde! Ich kann doch nichts dafür, dass ihre Sinne so abgestumpft sind. In so einem Fall hätte jedes Pferd den Gehorsam verweigert. Das ist ein Ort der bösen Geister. Ich habe die Nebelschwaden gesehen - die Seelen der Verstorbenen!"

„Das war vielleicht noch etwas Rauch, der vom Feuer übrig geblieben ist“, versuche ich ihn und mich zu beruhigen, um ihm nicht zu zeigen, wie sehr seine Schilderung mich aus der Fassung bringt.

Reichlich nervös verbringe ich den Rest des Tages. Auch das Abendfutter will mir nicht wie gewohnt schmecken. Das fällt sofort Mutter Maulis ungezogenem Pinsel auf, und er versucht, mir den Rest des Futters zu stehlen. Das bringt mich in Rage, sodass ich Dampf ablassen kann.

„Du verfressene Göre!“, schimpfe ich los. „Gönnst mir nicht einmal meine Henkersmahlzeit! Wer weiß, ob ich morgen noch auf dieser schönen Welt bin!“

„Wieso? Gehst du auf Abenteuer? Da will ich unbedingt mit!“, kräht der Kleine, der eigentlich schon recht groß geworden ist, und trippelt von einem Pfötchen auf das andere.

„Du bleibst hier!“, fauche ich ihn energisch an, ahne aber schon, dass ich ihn so leicht nicht abschütteln kann.

„Das ist nur etwas für erwachsene Kater mit Verstand und Vorsicht. Und wenn du mir nachspionierst, verhaue ich dich, dass deine Mutter dich nicht wiedererkennt!“

Etwas unsicher schaut er mich an, drum setze ich noch eins drauf:

„Dort, wo wir hingehen, schweben die Geister der Verstorbenen. Darunter ist ein alter Kater, ein fürchterlich hässliches Tier, der viele Katzenbabys getötet hat, wenn sie nicht von ihm waren. Und du bist doch nicht von ihm, oder? Deine schöne Mutter lässt sich doch nicht mit so einem Scheusal ein, oder?“ Das hat gewirkt.

„W w w weiß nicht“, stottert er kleinlaut. „Hab’ heute Abend schon was vor – kuscheln mit Mutter Mauli, und sie will mir Geschichten erzählen – Gespenstergeschichten!“

Na also, es geht doch.

In der Ferne hat es ein Gewitter gegeben. Bei uns fallen nur ein paar Tropfen, aber ein kräftiger, frischer Wind vertreibt die schwüle Luft.

Ich treffe Moritz im Hof, und dann ziehen wir los. Der Wind treibt Wolkenfetzen vor sich her, die den vollen Mond in unregelmäßigen Abständen verdecken. Die unruhigen Schatten narren die Sinne. Ja, es ist eine gespenstige Nacht. Moritz, der tapfer vorneweg geht, treibt zur Eile. So kenne ich ihn gar nicht. Ich folge zügig, markiere aber sorgfältig die gesamte Strecke, damit wir im Notfall schnell wieder zurückfinden.
Auf einmal hält Moritz abrupt an. Und auch mich ergreift das blanke Entsetzen. Vor uns im Straßengraben liegt etwas: ein graues Fellbündel voller Blut, nur der sauber geputzte, weiße Latz leuchtet im Mondlicht.
Moritz berührt sanft den Kopf des Toten - oder besser gesagt das, was noch davon übrig ist - mit seiner Pfote. Er, der Spezialist für Katzenleichen aller Art, ist sichtlich ergriffen und flüstert mir zu:
„Meine Fresse, das ist unser Freund der Weißlatz, der so eine flammende Rede über die Freiheit gehalten hat auf unserer Versammlung, plattgemacht von einem großen Fahrzeug, vielleicht dem Feuerwehrauto. Bestimmt ist er in Panik geflohen vor dem Feuer, denn sein Schwanz riecht versengt. Schade um diesen stolzen Freidenker. Ja, er war eine große Persönlichkeit."
Wir bleiben eine Weile bei ihm sitzen, bis sein starker Geist uns verlassen hat.
Still ziehen wir weiter und erreichen den Schreckensort.
Ein Zaun umgibt das Gelände, der für uns aber kein Hindernis ist. Um uns ist alles schwarz und verkohlt, sogar die Bäume und Büsche, Asche klebt sich an unsere Pfoten und das Fell. Der Gestank reizt unsere empfindlichen Nasen. Manche Stellen der Erde sind noch so warm, dass wir uns daran die feinen Tasthaare an den Pfoten versengen. Die verkohlten Reste der Wohnwagen sehen aus wie gespenstige Gerippe und ragen wie schwarze Krallen in den Himmel. Ich bin so beeindruckt, dass ich wie erstarrt stehen bleibe.
„So, jetzt an die Arbeit!", mahnt Moritz.

„Wir müssen herausfinden, ob hier jemand nachgeholfen hat. Du hast die feinere Nase von uns beiden. Du weißt doch, mein allergischer Schnupfen...!"
Um eine Ausrede ist der nie verlegen. Also schnuppere ich in den verkohlten Resten herum, was meine Nase hergibt.
„Da! - Hier hab' ich was!"
In der Nähe einer völlig ausgebrannten Blechbüchse rieche ich etwas - etwas Fremdes - etwas, das zum Himmel stinkt. Auch Moritz hält schniefend seine Nase tiefer.
„Wir haben es!", meint er stolz.
„Das ist es! - Das ist der Saft, den die Zweibeiner in die Fahrzeuge tun, damit sie lebendig werden", meint er sachkundig.
„Mit diesem Saft kann man auch ein ganz schönes Feuer machen. Machen meine Leute, wenn sie grillen wollen. Das beweist also: Das hier hat ein Zweibeiner getan. Hab' ich es mir doch gedacht. So ein Feuer kommt nicht von alleine."
Ich schnüffele noch eine Weile auf dem Boden herum und entdecke in der Nähe des Zauns eine Spur, die mir irgendwie bekannt vorkommt, aber ich kann sie keiner bestimmten Person zuordnen, aber irgendwie hat sie etwas mit Eddi und dem Gartenhaus zu tun. Ich bin mir aber nicht sicher.

„Lass uns nach Hause gehen, ehe die Geister kommen", drängele ich.
Wir wollen gerade durch den Zaun kriechen, als wir beide vor Schreck zur berühmten Salzsäule erstarren.
Da hallt ein markerschütternder Schrei durch die Nacht.
„Miauauuuh—uuh!"
Dieser Ton voller Schmerz und Pein steigt in den nächtlichen Himmel auf als die ewige Anklage einer Katzenmutter, die ihre Jungen verloren hat.
Auf dem Gerippe eines Wohnmobils sitzt sie, eine dunkle Silhouette im fahlen Mondlicht, den Kopf zum Himmel erhoben. Erneut steigt ein tiefer Ton aus ihrer Brust.
„Miauau - uuh - uuh!"

Schaurig schön singt sie das Totenlied für ihre Kinder. Diesen Schrei werde ich nie vergessen.
Es ist die Katzenmutter, die hübsche Schwester von Moritz. Wir brauchen sie nicht zu fragen. Sie hat ihre Kleinen verloren. Still entfernen wir uns und überlassen sie ihrer Trauer.
Schweigend machen wir uns auf den Heimweg, und als wir uns trennen, wissen wir beide, dass wir den Feuerteufel zur Strecke bringen müssen.

Der Heustapel

Der Sommer hat seinen Höhepunkt überschritten, die Tage werden kürzer, und so mancher nebelige Morgen verkündet den Herbst. Aber heute verwöhnt uns die Sonne und beschert uns einen warmen Katzensommertag. Daher liege ich tagsüber anscheinend faul auf einem Strohballen herum. In Wahrheit aber fröhne ich meinem liebsten Zeitvertreib, nämlich die Zeit mit Nachdenken zu genießen. Dann ziehen Bilder durch meinen Kopf, die ich zusammensetzen muss. Dabei kommt mit Sicherheit heraus, ein Zweibeiner steckt hinter den Brandanschlägen, einer, den ich kenne, und er hat etwas mit Eddis Gartenhaus zu tun.
Ich kann meine Gedanken in Ruhe fließen lassen, weil Maulis Ableger inzwischen im Halbstarkenalter ist und sowieso macht, was er will und meistens seiner eigenen Wege geht. Da ist Erziehung nicht mehr gefragt.

Auch beim größten Denker kommt irgendwann die Müdigkeit. Als ich aufwache, ist es dunkel und ich habe Hunger. Jetzt muss ich mich körperlich betätigen: Ich gehe auf die Jagd. Ich springe auf die Mauer, die den Paddock des schwarzen Hengstes begrenzt und beobachte von meinem Hochsitz aus den angrenzenden Misthaufen. Hier finden sich immer Mäuse. Da! Schon wühlt eine in den Bioabfällen herum. Sofort ziehe ich meine Pfoten sprungbereit unter dem Bauch zusammen, da werde ich von hinten angestubst. Aus die Maus! – Der Schwarze prustet mich an.

„Hallo, du rotes Schreckgespenst, suchst du dir dein Abendbrot?“

Inzwischen ist es dunkel geworden, und ein schöner Sternenhimmel ist zu sehen. Der Schwarze macht ein bekümmertes Gesicht und auf meinen fragenden Blick hin, bricht es aus ihm hervor:

„Ich mache mir Sorgen, große Sorgen! Wie soll ich meine Herde schützen, wenn wieder ein Feuer ausbricht, und wenn es diesmal in unserer Nähe ist? Ich kann ja hier nicht raus. Die jungen Stütchen haben schon große Angst, und ich habe doch die Verantwortung!“

„Es ist eine ruhige und schöne Nacht“, versuche ich ihn abzulenken.

„Ja – zu ruhig und zu schön, und außerdem haben wir wieder Vollmond! Ich habe so eine Vorahnung. Meine Sinne sagen mir, dass eine Gefahr droht. Am liebsten würde ich mit meiner Herde flüchten. Tu' mir einen Gefallen und behalte das Gartenhäuschen im Auge. Dort stimmt etwas nicht! Wir Pferde haben einen siebten Sinn für Gefahren!“

„Ich kümmere mich darum“, beruhige ich ihn, aber diesmal nehme ich seine Warnung ernst.

Auf der anderen Seite des Baches, auf einer freien Fläche wurden große Heurundballen aufgestapelt, der zweite Schnitt, und da sie mit einer Plane zugedeckt sind, ist dies eine prima

Mäusezuchtanlage. Auf dem Weg dorthin muss ich sowieso am Gartenhäuschen vorbei.
Dort angekommen, schnüffele ich intensiv den Boden ab – und treffe auf eine frische Spur. Hier ist er vor ganz kurzer Zeit herumgelaufen! Die Spuren entfernen sich vom Häuschen, und ich folge ihnen: am Bach entlang, über die kleine Brücke zum Heulager. Als ich es erreicht habe, bewege ich mich sehr vorsichtig und bleibe, wenn es geht, in Deckung. An der Plane geht es weiter – und was sehe ich da? Zwei Beine schauen unter der Plane hervor! Vorsichtig schleiche ich näher – und bleibe vor Erstaunen abrupt stehen. Die beiden Beine gehören zu Eddi, der unter der Plane im duftenden Heu liegt und schläft. Er schläft tief, denn er riecht stark nach dem Saft, den er immer aus den vielen Flaschen trinkt.
Ich setze mich neben ihn, höre auf seinen schnarchenden Atem, und der Geruch, den er verströmt, lässt Bilder in meinem Gedächtnis entstehen: Eddi und sein Kumpel, der Lange, trinken gemeinsam aus vielen Flaschen, sitzen am Tisch vor dem Gartenhäuschen und lachen. Sie trinken, wenn ihr „Verein“ (was immer das ist) gewonnen hat und trinken noch mehr, wenn er verloren hat. Auf einmal kann ich die Spuren zuordnen. Sie bekommen ein Gesicht und eine Gestalt. Es sind die von Eddis Kumpel: dem Langen.
Ein anderer Geruch reißt mich sofort aus meinen Gedanken: Es riecht nach dem Saft der Blechbüchsen, ganz in meiner Nähe. Sofort bin ich ganz Nase und Ohr: Da – ein leises Zischen und kurz darauf nehme ich Brandgeruch wahr.
Ich muss Eddi wecken – das ist mein erster Gedanke. Er muss hier weg! Ich kratze ihn und beiße ihn in die Nasenspitze. Er wird halbwach und stammelt:
„Eh Tibbi …, der Verein hat wieder verlore … do kann mer sich nur besaufe … so schlecht gespielt hamse noch nie … ich bin ja soo mied …“

Ehe er wieder einschläft, kratze und beiße ich ihn, so fest ich kann, ganz wild werde ich, denn ein beißender Qualm breitet sich aus.
„Äh Tibbi ..., loss mich schlofe!"
Nein, das tust du nicht! Du musst fliehen!
Ich springe ihm auf die Brust und zerkratze sein Gesicht.
Endlich fährt er hoch, und langsam begreift er.
„Tibbi, hau ab, es brennt!"
Die ersten Flammen lodern in die Höhe, und es qualmt schrecklich. Eddi torkelt, mehr als dass er läuft, auf die Straße und geradewegs in die Arme einiger Zweibeiner, die aus den umliegenden Häusern angerannt kommen.
„Haltet ihn fest! Das ist der Brandstifter. Diesmal entkommst du nicht!", höre ich sie rufen.
Dann flüchte ich in großen Sprüngen, denn diese Sache hier wird mir wirklich zu heiß.
Durch die Katzenklappe geht es in den kühlen Keller. Meinen Zweibeiner höre ich die Treppe herunterstürzen und rufen:
„Ich muss mit dem Traktor die Heuballen auseinanderreißen!"
„Wir müssen die Pferde rausschaffen!", schreit meine Zweibeinerin.
Dann bin ich im Keller. Es ist immer wieder erstaunlich, wie wenig Platz eine verängstigte Katze braucht, um sich zu verstecken. Fast unsichtbar in der Dunkelheit erkenne ich unter dem letzten Regalbrett, wo die Marmeladengläser stehen, einen schwarz-weißen Haufen: Mutter Mauli mit Sohn Pico. Ich selbst zwänge mich in den schmalen Spalt zwischen Wand und ein paar alten Gummireifen. Und dann heißt es in Ruhe warten - wir warten lange. Keiner rührt sich. Da piepst es kläglich in das Schweigen:
„Ich muss mal Pippi!"
„Geh' alleine", faucht Mutter Mauli.
„Hab' aber Angst!"
Also begleite ich meinen Zögling, denn ich will mal schauen, wie es in der Oberwelt jetzt so aussieht.

Draußen herrscht ein wildes und lautes Durcheinander von Blechbüchsen und Zweibeinern.
Mitten im Gewühle auf dem Mäuerchen unseres Vorgartens sitzt Moritz, ruhig wie ein Standbild, und beobachtet alles genau.
„Sind gut, die Jungs von der Feuerwehr. Waren ganz schnell da. Hatten oben in meiner Gastwirtschaft gefeiert. Der neue Spritzenwagen ist einfach spitze!", erklärt er mir fachmännisch. „Die Pferde und deinen schwarzen Freund hamse auf die Weide gebracht. Deinen Freund Eddi hamse in Handschellen abgeführt und mit nem funkelnagelneuen Polizeiauto weggefahren. Sag, meinst du, dass er es gewesen ist?"
„Nein!", sage ich entschieden. „Er hat im Heu geschlafen, und ich saß bei ihm, als der Brand gelegt wurde. Er war es nicht!"
Dann erzähle ich ihm, dass ich die Spuren erkannt habe.
„Wir werden das Gartenhäuschen im Auge behalten!", erwidert Moritz und dann trennen wir uns.

Das Gartenhäuschen

„Den Kleinen fängt man, den Großen lässt man laufen."
An diesen Spruch denke ich schon immer wieder seit dem Brand in der Nachbarschaft.
Ich liege bequem auf dem Strohballen in einem Sonnenflecken und muss neben einer Maus noch zwei wichtige Nachrichten verdauen.
Nachricht Nr. 1 stammt von Moritz:

„Gestern stands in der Zeitung. Sie ham Eddi eingesperrt, weil sie denken, er sei der Brandstifter. Meine Hausfrau hat es mir beim Frühstück vorgelesen. Ins Gefängnis haben sie ihn gesteckt, bei Wasser und Brot. So einer gehört hinter Gitter – hat meine Hausfrau gemeint."

Diese Nachricht hat mich geschockt. „Hinter Gittern" – das kenne ich vom Katzenkorb. Da kann man toben wie man will, man kommt nicht raus. Und: Wasser und Brot – was ist das für ein Futter! Der arme Eddi tut mir sehr leid. Ich muss meinem Freund helfen.

Die zweite Nachricht ist eher eine Beobachtung vom großen Schwarzen. Ihm ist aufgefallen, dass alle Brände in sternklaren Nächten bei Vollmond gelegt wurden.

„Es sind die hellen Mondnächte, die böse Geister gebähren. Der Feuerteufel ist besessen von ihnen, und er handelt immer schneller, und das Böse kommt immer näher. Du musst etwas tun", mahnt er mich eindringlich.

„Das Unglück steht vor der Tür, denn morgen ist wieder Vollmond. Wir sind gelähmt vor Angst. Das letzte Mal sind wir gerade noch so davongekommen, weil unsere Chefin uns gleich auf die Wiese getrieben hat. Aber einige von uns haben schon arg gehustet. Unsere Lungen sind – was Rauch angeht – sehr empfindlich."

Ja, wir müssen etwas tun. Deshalb habe ich mich mit Moritz verabredet. Wir treffen uns bei Einbruch der Dunkelheit auf der Mauer, die den Auslauf des schwarzen Hengstes einzäunt.

„Ich habe gestern schleichende Schritte um das Gartenhäuschen gehört. Ich habe niemanden gesehen, aber der Geruch war da. Es war der, den wir suchen."

„Ja, da tut sich was", antwortet Moritz. „Aus dem Gartenhäuschen stinkt es nach dem Saft der Blechbüchsen, obgleich nie eine dort drinstand."

Moritz kratzt sich nachdenklich die Ohren.

„Also fassen wir zusammen, was wir haben: der Gestank nach Blechbüchse, eine mondhelle Nacht, ein schleichender Zweibeiner, die Vorahnung des großen Schwarzen, und alles deutet auf Eddis Gartenhäuschen. Ja, ich glaube, es wird bald wieder etwas passieren, und wir müssen es verhindern, denn morgen ist Vollmond. Dann gehen wir eben mal hin und schauen nach“, beendet Moritz seine kriminalistischen Gedankengänge.

Wir schlängeln uns durch ein Dickicht aus Giersch, Brennnesseln und Ampfer, was früher einmal Eddis Garten war und jetzt völlig verwahrlost ist. So kommen wir von hinten an das Gartenhäuschen heran, ohne gesehen zu werden.

Wie oft habe ich hier auf der Terrasse vor dem Häuschen mit Eddi gesessen und seine Mahlzeiten mit ihm geteilt: Die Blut- und Leberwurstgenüsse sind mir einfach unvergessen. Und oft hat der Lange uns Gesellschaft geleistet und viel aus den Flaschen getrunken.

Drum kann ich es gar nicht glauben, dass er der Brandstifter ist.

„Lass uns aufs Dach klettern“, sage ich zu Moritz. „Dort ist eine Lücke zwischen den Ziegeln. Da können wir ins Innere schauen.“

Behende klettere ich nach oben, doch Moritz braucht lange, bis er seine vielen Kilos aufs Dach gehievt hat. Unter Ächzen und Stöhnen und einiger Fehlversuche schafft er es endlich. Auf meinen zugegeben etwas spöttischen Blick antwortet er:

„Sag nix zu meinem Gewicht! Da ist meine Hausfrau dran schuld mit ihrem guten Futter. Außerdem hab ich's nicht so in den Beinen, sondern mehr im Oberstübchen“, sagt er entschuldigend, weil er sich doch etwas geniert.

Gemeinsam schauen wir durch den kleinen Schlitz ins Innere des Häuschens. Es ist zwar dunkel drinnen, aber unsere an die Dunkelheit angepassten Augen sehen alles. Dort liegen ein paar Gartengeräte in der Ecke, da steht ein Eimer, und ein paar Blumentöpfe liegen herum. Aber hinten an der Wand bemerken wir Behälter aus Plastik, aus denen es grausig stinkt.

„Darin wird der Saft aufbewahrt, den man den Blechbüchsen aller Art zu trinken gibt, damit sie lebendig werden und Krach machen", erklärt der kluge Moritz.
„Meine Leute haben so was fürs Motorrad und den Traktor in der Scheune herumstehen, daher kenne ich das. Im Sommer zur Grillzeit machen sie auch schon mal das Feuer für den Grill damit an, oder sie benutzen es für ein lustiges Lagerfeuer."
Ich staune über das vielfältige Wissen von Moritz!
„Somit hätten wir den richtigen Ort gefunden, wo das Feuer aufbewahrt wird. Jetzt fehlt uns nur noch der Brandstifter. Jetzt müssen wir warten."
Warten macht müde, deshalb übermannt uns der Schlaf. Aber unsere Ohren sind dennoch voll auf Empfang gestellt.
Daher sind wir sofort hellwach, als wir schleichende Schritte hören.
Die Tür des Häuschens wird leise geöffnet, und es kommt jemand herein.
„Das ist er", haucht Moritz. „Lass uns sehen, was er macht!"
Ich schaue durch den Schlitz - und ja - ich erkenne ihn! Es ist tatsächlich der Lange. Ich dachte, er sei Eddis Freund. Warum macht er so was? Er hat mich doch so oft gestreichelt, und ich dachte: Das ist ein guter Zweibeiner. Ich bin traurig und enttäuscht, aber das muss ich jetzt hinten anstellen.
Der Lange bringt einen vollen Plastikbehälter mit, stellt ihn an die Rückwand des Häuschens und nimmt den leeren wieder mit hinaus. Dann verschließt er die Tür und verschwindet in der Dunkelheit.
„Der hat wieder was vor", knurrt Moritz. „Dem müssen wir jetzt das Handwerk legen, denn morgen ist Vollmond."
Moritz denkt eine Weile nach und sagt dann:
„Ich habe einen Plan. So müsste es gehen. Wir brauchen dazu Bello, der ist groß und kann viel Krach machen."

„Aber dafür ist sein Hirn unterentwickelt“, gebe ich zu Bedenken. „Na ja, für seine Aufgabe wird es grad reichen. Komm, lass uns zu ihm gehen.“
Wir treffen ihn schlafend vor seiner Hütte.
„Hey Bello!“, ruft Moritz.
„Hä? Wo? Was?“, fährt Bello hoch und kämpft um den totalen Durchblick.
„Du sollst doch wachen und nicht pennen“, rügt Moritz ihn, und Bello ist das sehr peinlich, dafür ist er jetzt hellwach.
Wir erklären ihm unseren Plan. Er schaut uns mit seinen triefenden Augen an und knurrt:
„Hä? - Ääh - soo - ich beiße keine Zweibeiner.“
„Du brauchst ihn ja nur am Hosenbein festzuhalten, dass er nicht mehr fliehen kann und dann tüchtig bellen!“, schärft Moritz ihm ein.
„Nicht vergessen: Tüchtig und laut bellen, verstanden!“
„Ja – ja.“
Na, wollen wir's hoffen, dass sein Hirn das wieder ausspuckt, wenn es gebraucht wird. Mir ist nicht ganz wohl dabei, dass er so eine wichtige Rolle übernehmen soll.
Aber Moritz ist mit seinem Plan zufrieden, und so geht jeder wieder seiner Wege.

Der Fang

„Erstens kommt es anders, zweitens als man denkt." Dies war ein Spruch meiner klugen Mutter und das heißt, dass man immer auch einen Plan B bereit haben muss, wenn ein Unternehmen unbedingt klappen soll. Ich bin mir gar nicht sicher, ob unser Plan gelingen wird. Vor allem Bello ist ein Unsicherheitsfaktor. Hoffentlich ist er überhaupt rechtzeitig zur Stelle.

An diesem Abend geht der Vollmond sehr früh auf. Er steht wie ein großer Lampion hinter dem Dach des Hauses, in dem Moritz wohnt.

Der Tag war sonnig, ein schöner Tag im späten Herbst, aber die Nacht ist schon kalt und sternenklar.

Wir treffen uns auf der Mauer am Paddock des großen Schwarzen.

Der steht ruhig im Mondlicht und ermahnt nochmals, alles richtig zu machen, damit dieser Albtraum endlich aufhört. Er wünscht uns viel Glück und stampft dreimal mit dem linken Vorderhuf auf.

„Toi, toi, toi", sagt er dazu.

„Ich würde euch gerne helfen, aber ich kann hier nicht raus!", und er rüttelt am Tor seines Paddocks.

„Alles klar, Moritz? Auf geht's! Es muss gelingen!"

„Scheißkalt isses", nörgelt Moritz. „Ich hab morgen bestimmt wieder mein Rheuma!"

Na, na! Er wird mich doch nicht im Stich lassen, der wehleidige Bursche?

„Da schau, Bello schleicht schon auf seinen Posten", ermuntere ich ihn und treibe ihn zur Eile.

„Und wenn er heute nicht kommt?"

„Dann haben wir Pech gehabt und probieren es beim nächsten Vollmond nochmal."

Schließlich klettert Moritz betont langsam und mühselig auf das Dach des Gartenhäuschens und hält von dort oben Ausschau.

Ich lasse mich durch einen Spalt zwischen zwei Brettern ins Innere der Hütte gleiten und verstecke mich hinter einem großen Blumentopf. Mir wird es etwas mulmig, doch Moritz hätte meine Rolle nicht übernehmen können, denn er passt nicht durch den engen Spalt. Jetzt heißt es warten. –
Ich bin aufgeregt.
„Er kommt“, raunzt Moritz von oben.
Die Tür geht auf, und eine Taschenlampe blendet meine Augen.
Und dann geht alles außerplanmäßig und sehr schnell: Moritz kracht mit einem Stück Dachpappe und in Staub gehüllt durchs Dach in die Hütte und wirft einen Behälter mit der stinkenden Blechbüchsensoße um. Der Lange steht vor Schreck wie erstarrt und lässt die Lampe fallen. Ich muss handeln, bevor er flieht!
Ich springe ihm todesmutig ins Genick. Er schreit und zündet sein Feuerzeug an, um zu leuchten.
„Wer ist das? – Tibbi? – Nein, ein rotes Ungeheuer! – Hilfe, der Feuerteufel holt mich, Hilfe!!“

Mich packt die Wut – dieser Schuft! Ich zerkratze ihm den Kopf und das Gesicht. Das Feuerzeug fliegt in die Ecke. Ich fauche und spucke, er schreit vor Schmerz und rennt aus der Hütte. Das heißt, er will rennen, aber an seinem Bein hängt Moritz wie ein Hemmklotz. Seine „Flucht“ hat ein plötzliches Ende, denn mitten auf der Straße sitzt wie der Fels in der Brandung groß und gewichtig Bello und zeigt seine respektablen Zähne.
„Wuff, wuff, wuff!!“, klingt es wie Paukenschläge.
Lichter gehen an, Fenster und Türen fliegen auf, Zweibeiner rennen auf die Straße. Dann kracht es hinter uns, und die Hütte fliegt in die Luft.
Sofort machen Moritz und ich uns wie der Blitz davon und überlassen das Übrige gerne den Zweibeinern.

Wir rennen die Straße hoch bis vor die Haustür, wo Moritz wohnt. Auch dort geht das Licht an, und seine Zweibeiner kommen heraus. Im Licht sehe ich das Blut, das aus dem Maul von Moritz läuft. Erschrocken frage ich ihn:
„Was ist los? Du blutest ja!"
„Ach nix, nur mein Reißzahn oben links steckt im Hosenbein von dieser bekifften Knalltüte."
„Wieso bekifft? Hat er zu viel Katzenminze gefressen?"
Der Genuss von Katzenminze versetzt mache Katzen in einen Rauschzustand.
„Ich hab's sofort gerochen. Nach Alkohol und Koks hat er gestunken. – Ich – äh – wir haben tapfer gekämpft", meint er und spuckt etwas Blut aus.
„Mach es jut, Kumpel", und er verschwindet mit vor Stolz geschwellter Brust in der Tür seines Hauses.
Auch mich verlangt es nach Ruhe und Sicherheit, und die finde ich am ehesten in unserem Luftschutzkeller.
Schnell schlüpfe ich durch die Katzenklappe und verschwinde in der Unterwelt. Dort treffe ich auf eine verängstigte Mauli.
„Was ist denn da oben schon wieder los? Und warum kommt ihr erst jetzt – endlich?"
„Wieso wir? Ich bin allein!"
„Waaas? Wo ist Pico? Wo ist mein Sohn?"
„Wieso? Ich dachte, der sei bei dir. Ich hatte Wichtigeres zu tun, als auf deinen Sohn aufzupassen."
„Du aber bist für ihn verantwortlich. Fipsi hat dir das aufgetragen. Also gehe nach oben und suche ihn!", faucht sie mich wild an. „Er fehlt schon eine ganze Zeit."
Und wenn unsere Dame wütend wird, ist es besser nachzugeben. Na gut, ich verlasse meinen schützenden Keller und begebe mich wieder in die raue Oberwelt.
Dort herrscht ein lautes, unübersichtliches Getümmel von Blechbüchsen, rumrennenden Zweibeinern und solchen, die nur rumstehen, Schläuche und Trümmer, die am Boden liegen. Wo soll ich in diesem chaotischen Durcheinander suchen?

Ich bleibe, so gut es geht, in Deckung und halte Ausschau. Da kommt mir der Zufall zu Hilfe. Dort in der Ecke piepst es. Mein feines Gehör erfasst den Ton trotz des Lärms.
„Pico, bist du das?"
„Ja, hier! Hilf mir! Ich kann nicht raus! Mir tut alles weh", jammert er.
Er liegt in einer Mulde unter einem großen Brett, das aus der Wand der Hütte stammt.
Es ist zu schwer, das kann ich nicht wegschieben, aber da ist ein kleiner Schlitz zwischen Brett und Erde. Vielleicht kann ich Pico ausgraben. Doch der erste Versuch zeigt mir, gegen den steinigen Boden habe ich keine Chance. Aber Bello, der hat stärkere Pfoten, der kann helfen.
Bello sitzt mit vor Stolz geschwellter Brust in einer Ecke und beobachtet seelenruhig das Getümmel. Ich locke ihn da weg und zeige ihm, was er tun soll.
Aber was macht der Dummkopf? Statt zu graben, setzt er sich neben das Brett und bellt:
„Wuff, wuff!!"
Ein Feuerwehrmann bleibt bei ihm stehen und streichelt ihm den Kopf.
„Na, hast du was gefunden?"
Bello zeigt mit der Schnauze auf das Brett. Der Feuerwehrmann schiebt es zur Seite:
„Ah, ein Kätzchen! Bist ein guter Rettungshund", und er krault nochmals Bello hinter den Ohren, der strahlt vor Stolz.
In der Mulde liegt Pico in Schockstarre. Ich ahne, was jetzt kommt.
Bellos Triefaugen glänzen, sein Körper beginnt zu wackeln, und mit hechelnder Zunge senkt er sein Maul in die Mulde.
Das macht Pico sofort wieder lebendig. Wie ein Katzenfloh hüpft er aus seinem Versteck und rennt in grotesken Sprüngen davon, verfolgt von Bellos enttäuschtem Blick.
Vor der Katzenklappe hole ich ihn ein und schiebe ihn durch.

„Mir tut ja alles so weh, vor allem die Hinterpfote", jammert er.
„Das kannst du gleich deiner Mutter erzählen", fahre ich ihn barsch an.
„Und, hast du aus dieser Dummheit wenigstens etwas gelernt?"
„Ja, ja", meint er kleinlaut.
„Man soll seine Nase nicht immer in gefährliche Sachen stecken, sonst kommt die große, nasse Hundeschnauze."
„Merk dir das für den Rest deines Lebens."

Schluss

„Ende gut - alles gut?“
Na ja, ich hätte mir das ein bisschen anders vorgestellt.
Heute bin ich schon sehr früh auf den Pfoten. In der Nacht war es reichlich kalt, und jetzt in der Morgendämmerung glitzern Wassertropfen an allen Zweigen. Sie sehen aus wir Tränen: Die Natur und ihre Geschöpfe verabschieden sich vom Sommer. Auch mich erfasst eine melancholische Stimmung. Ich sitze unter einer schlafenden Blechbüchse und beobachte die Straße. Und dann kommt Freude auf, denn ich höre sein Wägelchen, es biegt um die Ecke, und mein Freund Eddi erscheint in unserer Gasse. Er hat ein neues Zeitungswägelchen, modern und leichter zu ziehen.
Bei mir angekommen, setzt er sich trotz der kühlen Witterung neben mich aufs Gartenmäuerchen. Ich springe ihm auf den Schoß, und er streichelt freundlich meinen Kopf.
„Hallo Tibbi, do bin ich widder. Des war en Ding. Se ham mich für den Brandstifter gehalte. Dabei wor ichs gar net. Ich war au net besoffe, nur äh Bier hab ich gehabt. Sonst wär ich ja gar net uffgewacht. Abber du häst mich uffgeweckt, gelle?“
Dabei streichelt er mir zärtlich die Ohren und massiert meinen Rücken, was ich besonders gerne habe.
„Du bist en feiner Kerl, besser als so mancher Mensch.“
Das höre ich gerne.
„Ich hab dir die Zeitung mitgebracht. Da stehts drin. Un en Bild is au dabei. “
Er schlägt eine Zeitung auf, und was springt mir sofort ins Auge? - Ein großes Bild - ein Bild von Bello!!
Eddi liest mir vor, was da geschrieben steht - langsam, damit ich auch alles verstehe.
„Einem aufmerksamen Wachhund ist es zu verdanken, dass der Brandstifter endlich gefasst wurde ...“ -- So, so, so!
„Bei einer Serie von Bränden, die diesen Sommer das ganze Dorf in Atem hielten, ist ein Sachschaden von mehreren Zehn-

tausend Euro entstanden ..." - S a c h s c h a d e n?? - Was ist mit meinen Artgenossen?!!
„Der Brandstifter mit stark zerkratztem Gesicht und unter Drogen stehend, gab bei der polizeilichen Vernehmung an: Furien hätten ihn angegriffen - rote Furien! Daher wird er wegen seines verwirrten Geisteszustandes in eine - äh phüphüsatische - äh halt, in die Klappsmühle eingewiesen."
„Was ist das?", frage ich.
„Des is en Haus, do sin alle Fenster un Türe zu. Do biste am Bett angebunde un kriegst nur Pille zum Fresse."
Wie schrecklich. Ja, das ist Strafe genug.
„Ich versteh net", sinniert Eddi vor sich hin. „De Lange hot immer bei mir gesesse un mei Bier gesoffe. Er war doch selber bei der Feuerwehr, abber da ham se ihn rausgeschmisse, weil er so oft besoffe war. Vielleicht wars deswege ----. Mach's jut, Tibbi. De Leit wolle ihre Zeitunge", und er schiebt sein Wägelchen weiter. Ich schaue ihm hinterher.
Dann ist gerade noch Zeit, einen kleinen Aufwärmschlummer im Bett bei meinen Zweibeinern zu machen. Der Platz bei meiner Zweibeinerin ist besetzt. Da liegt Mutter Mauli auf dem Kopfkissen und schnurrt. Sie zu stören oder gar zu vertreiben, heißt Krieg. Also weiche ich zum Chef des Hauses aus. Er liegt schlafend auf dem Rücken, und sein runder Bauch ist eine Einladung an mich. Ich erklimme die Spitze des Hügels und beginne vorsichtig und dezent meinen Milchtritt, damit er nicht aufwacht. Dann rolle ich mich zusammen, lausche den Geräuschen aus seinem Inneren und werde sanft auf und nieder gewiegt ins Reich der Träume.
Was er so träumt, das weiß ich nicht. Jeder hat so seine eigenen Fantasien.
Ich jedenfalls träume davon, einmal auf dem Kopfkissen von Heidi Klum schlafen zu dürfen, auf ihren langen blonden Haaren, oder bei Lady Gaga unter der Bettdecke. Das wäre schön!

Euer Tibbi

Marjana Poppinga

1944 in Grünberg/Schlesien geboren, danach Flucht, Hunger und Nachkriegszeit im Westen Deutschlands. Die Schule überstanden, Abitur geschafft, in Bonn Germanistik / Geografie studiert, im Dienst des Landes Bayern in der Schule Jugendliche unterrichtet. Nach 15 Jahren war es genug, der Liebe wegen nach Nordhessen -in die Gegend von Kassel- gezogen, geheiratet und einen Traum verwirklicht: Wiesen, Weiden, kleiner Hof mit Pferdezucht. Und dann kamen sie, die Samtpfoten, angelockt vom Duft des Heus und dem Geraschel der Mäuse: erst einer, dann zwei, dann drei, dann vier. Nun genießen wir das Glück, bei ihnen wohnen zu dürfen.

Bisher erschienen:

Tibbi – Abenteuer eines Dorfkaters
von Marjana Poppinga

Zum Buch: Kater Tibbi, 'der rote Räuber', schildert frei von der Leber weg seinen abenteuerlichen Alltag auf dem Lande – Streit mit Artgenossen inbegriffen. Die Welt der Zweibeiner von seiner Sicht aus gesehen erscheint ihm äußerst merkwürdig und führt zu allerlei Missverständnissen und amüsanten Verwickelungen. Seine Geschichten können Groß und Klein und nicht nur Katzenfreunde erheitern.

Softcover * 14,8x21 cm * 102 Seiten, 6 Abb.
ISBN 978-3-937367-90-3* 9,20 €

Catparade
Schräge Geschichten von schrägen Katzen
von Marjana Poppinga

Zum Buch: Ein herzhaftes Miau, liebe Artgenossinnen und Genossen. Hier meldet sich der Sender 'von der Katz für die Katz' mit neuen Nachrichten aus dem ganzen Lande.
Wir haben die interessantesten Neuigkeiten und Ereignisse, die uns betreffen, wieder zusammengetragen, und wie immer werde ich diese kommentieren – ich, der 'schwarze Mao!'

Softcover * 10,5*14,8 cm * 78 Seiten, 9 Abb.
ISBN 978-3-95544-015-2* 6,90 €

„Schlaft gut, Freunde, und träumt etwas Schönes - zum Beispiel von vielen Mäusen!"